Trish Morey

Cautiva en sus brazos

HARLEQUIN™

Editado por Harlequin Ibérica.
Una división de HarperCollins Ibérica, S.A.
Núñez de Balboa, 56
28001 Madrid

© 2015 Trish Morey
© 2015 Harlequin Ibérica, una división de HarperCollins Ibérica, S.A.
Cautiva en sus brazos, n.º 2421 - 21.10.15
Título original: Captive of Kadar
Publicada originalmente por Mills & Boon®, Ltd., Londres.

I.S.B.N.: 978-84-687-6741-3
Depósito legal: M-25825-2015
Impresión en CPI (Barcelona)
Fecha impresion para Argentina: 18.4.16
Distribuidor exclusivo para España: LOGISTA
Distribuidor para México: CODIPLYRSA
Distribuidores para Argentina: Interior, DGP, S.A. Alvarado 2118.
Cap. Fed./Buenos Aires y Gran Buenos Aires, VACCARO HNOS.

Capítulo 1

LA VIO en el Bazar de las Especias, una turista más recorriendo aquel antiguo mercado de Estambul, famoso por vender especias, frutos secos y más de mil variedades de té. Tan solo una turista más, aunque destacara por su cabello rubio, ojos azules y unos vaqueros rojos que le ceñían las curvas del cuerpo como si fueran una segunda piel.

Por supuesto, él no estaba interesado.

Fue la curiosidad lo que le llevó a aminorar sus pasos al ver cómo ella levantaba la cámara para tomar una fotografía de una tienda de lámparas de todos los colores y diseños imaginables. Tan solo la curiosidad lo que le empujó a seguir observándola mientras el dueño del puesto se aprovechaba de su inmovilidad para ofrecerle un plato con sus más selectas delicias turcas. Ella dudó y dio un paso atrás, murmuró unas palabras de disculpa y negó con la cabeza. No obstante, el tendero no cejó en su empeño y siguió insistiendo para que ella lo probara «tan solo un poquito».

Kadar se detuvo en el puesto de enfrente y pidió los dátiles que había ido a comprar para Mehmet. Entonces, miró por encima del hombro para ver quién tenía más fuerza de voluntad, si el tendero o la turista. El primero había conseguido captar por fin la atención de la segunda y, sin dejar de esbozar una sonrisa en su arrugado rostro, pronunciaba al azar nombres de países para tratar de averiguar de cuál procedía ella.

Como si hubiera comprendido por fin que había perdido la batalla, la mujer cedió y dijo algo que Kadar no pudo distinguir, pero que hizo más amplia aún la sonrisa del tendero mientras le aseguraba que los turcos adoraban a los australianos. Entonces, ella tomó una delicia del plato y se la llevó a los labios.

Kadar se vio distraído durante unos segundos mientras entregaba un billete muy grande a cambio de los dátiles que había pedido y se veía obligado a esperar mientras alguien iba a por cambio. No le importó. La turista tenía una boca que merecía la pena observar. Tenía los labios jugosos y gruesos. Sonrió ligeramente antes de meterse el dulce en la boca. Un instante más tarde, la sonrisa se hizo aún más resplandeciente. Los ojos azules le brillaban de placer, tanto que iluminaba el mercado como si fuera una reluciente lámpara.

Kadar sintió que aquella sonrisa despertaba en él una oleada de calor que le produjo una fuerte excitación y volvió sus pensamientos muy primitivos.

Había pasado mucho tiempo desde la última vez que poseyó a una mujer.

Había pasado mucho tiempo desde que sintió la tentación. Sin embargo, en aquellos momentos se sentía muy tentado.

Miró a su alrededor para asegurarse de que no había un hombre acompañándola y de que no tenía ninguna pegatina sobre la ropa que indicara que formara parte de un grupo que pudiera engullirla y llevársela lejos de allí en cualquier instante.

No. Estaba sola.

Podría tenerla si lo deseaba.

Aquel pensamiento le llegó con la certeza de alguien

que raramente había sido rechazado por una mujer. No era arrogancia. No se podía negar que los porcentajes estaban a su favor. Nada más.

Ella seguía sonriendo con el rostro muy animado. Era como un rayo de sol y de color en medio de un mar de abrigos oscuros y de velos de color negro. Estaba dispuesta a comprar algo, ya estaba metiendo la mano en el bolso.

Podría tenerla...

Se imaginó quitándole lentamente las capas que la cubrían, una a una. Bajando lentamente la cremallera de la cazadora de cuero que llevaba puesta y despojándola de ella, una cazadora que le moldeaba maravillosamente los senos y la cintura. Después, le quitaría los llamativos vaqueros. A continuación, iría todo lo demás de un modo similar hasta que ella quedara desnuda ante él, con todo el esplendor de aquella piel tan clara. Por último, le soltaría el cabello dorado como la miel y dejaría que le cayera sobre los hombros para que pudiera acariciarle unos senos erguidos y ansiosos de caricias.

Su boca sabría muy dulce, como la delicia turca que acababa de probar. Los ojos azules se volverían oscuros de deseo y sonreiría tras humedecerse los labios mientras extendía los brazos hacia él...

Podía imaginárselo todo. Podría tenerlo todo. Todo estaba a su alcance.

De repente, como si ella fuera consciente de que él la estaba observando e incluso de lo que estaba pensando, aquellos ojos azules se fijaron en Kadar. Él comprobó en aquel momento que no eran simplemente azules, sino que tenían el color del lapislázuli. Mientras los observaba, se oscurecieron, como una piedra caldeada sobre una llama, casi como si estuviera respondiendo.

Parpadeó una vez, y otra más. Kadar observó cómo

la sonrisa se le borraba de los labios. Sus ojos adquirieron entonces una mirada ardiente. Los dos mantuvieron aquel contacto a pesar del bullicioso ambiente del mercado.

Entonces, el dueño del puesto le dijo algo que le llamó la atención y ella se giró. Después, tras realizar un movimiento de rechazo con la cabeza y con la mano, echó prácticamente a correr. El desilusionado vendedor se quedó preguntándose cómo una venta cantada había podido salirle tan mal.

Kadar recibió por fin el cambio y una disculpa por la tardanza. Él aceptó ambas filosóficamente, igual que había aceptado el hecho de que la turista hubiera salido huyendo. En realidad, no le interesaba. Además, tenía planes para ir a visitar a Mehmet. Se dijo una vez más que no estaba buscando una mujer, y mucho menos una que salía huyendo como una liebre asustada. Les dejaba las liebres a los muchachos que gozaban con el cortejo. En el mundo de Kadar, las mujeres acudían a él.

¿Qué diablos acababa de ocurrir?

Amber Jones avanzaba sin rumbo por el mercado, sin hacer caso de las llamadas de los vendedores que trataban de atraer su atención sobre los frutos secos, las especias y los llamativos recuerdos que vendían en sus puestos. Todo parecía confuso. Ya no le fascinaban los sonidos y las imágenes del bazar porque se había visto cegada por un hombre de piel dorada, cuyos ojos ardían como el fuego. Un hombre que la había estado observando a través de aquellos ardientes ojos.

Había sido mucho más que una ligera atracción. Había sido una fuerza arrolladora que le había hecho girar la cabeza para ver cómo él la estaba observando. De hecho, había sentido la mirada de aquellos ojos oscuros como si fuera un cálido aguijonazo, una oleada de oscuro deseo que le había hecho sentir una promesa que había terminado de recogerse en lo más íntimo de su vientre.

¿Por qué había estado observándola?

¿Por qué había visto ella sexo reflejado en las oscuras profundidades de aquellos ojos?

Sexo ardiente.

Tratando de encontrar una explicación a lo que había sentido, decidió que había sido el desfase producido por la diferencia horaria. Estaba muy cansada por estar en una zona horaria en la que se vivía nueve horas más tarde que en la suya. En poco más de tres horas, su cuerpo esperaría meterse en la cama, cuando en realidad en Estambul faltaba aún para la hora de comer. No era de extrañar que se sintiera tan agobiada y tan acalorada en aquel mercado.

Lo que necesitaba era aire fresco, sentir la brisa de finales de invierno en el rostro y dejar que el aire del mar le calmara el acalorado y cansado cuerpo.

Salió por fin del bazar y se quitó el pañuelo y la cazadora. Entonces, respiró profundamente. Sintió que los nervios comenzaban a tranquilizarse un poco. Con el alivio, llegó por fin la lógica y el pensamiento racional, acompañados de un poco de desilusión de sí misma.

¿Qué había pasado con lo de ser la mujer fuerte e independiente que se había prometido ser cuando decidió aventurarse al otro lado del mundo para seguir los pasos de su trastarabuela? Evidentemente, si la mirada de un único hombre la había asustado, la Amber de siempre seguía acechando, la Amber que odiaba el riesgo, la que se conformaba con cualquier cosa en vez de perseguir lo que realmente deseaba.

No tenía nada que ver con la diferencia horaria.

Había sido él, con un rostro tallado y masculino. Él, que se adueñaba del espacio que ocupaba con una total confianza.

Amber se echó a temblar. Su reacción no tuvo nada que ver con el fresco aire de enero. Más bien, echaba de menos alocada e irracionalmente el repentino calor que la había caldeado por dentro y que le había hecho pensar en largas noches de sexo apasionado. ¿Cómo había podido ocurrir todo aquello en un instante? En los dos años que estuvieron juntos, Cameron jamás había conseguido que ella pensara en el sexo con una única mirada. Sin embargo, el desconocido del bazar sí lo había hecho. ¿Cómo podía ser posible?

Sus ojos la habían atraído de un modo arrebatador e insistente, comunicándole una oscura promesa que el cuerpo de Amber había entendido a la primera. Una promesa que le había provocado oscuros pensamientos referentes a toda clase de placeres prohibidos.

No era de extrañar que ella hubiera salido corriendo. ¿Qué sabía ella, Amber Jones, de placeres prohibidos? Cameron no había animado exactamente la intimidad en el dormitorio ni en ninguna otra habitación. De hecho, había habido ocasiones en las que se había quedado dormido a su lado y Amber se había quedado despierta, preguntándose si no había más.

Estaba segura de que tenía que haber más. Sin embargo, cuando vio lo que le ofrecía la mirada de aquel desconocido había salido huyendo.

Qué tonta.

Una vez más, deseó ser la mujer fuerte e independiente que quería ser. El modo de ser que debía de haber tenido su trastatarabuela, muchos años atrás, para ser capaz de marcharse con tan solo veinte años de su hogar entre las suaves colinas de Hertfordshire e ir a buscar la aventura en el Oriente Medio.

Volvió a ponerse la cazadora y, en ese momento, comprendió por qué su tocaya Amber había querido ir allí. Estambul era todo lo que se había imaginado que sería. Colorista. Histórico. Exótico. Tal vez no fuera ni la mitad de valiente que su antepasada, pero se había dado cuenta de que le iba a encantar su estancia en Turquía.

El estómago le protestó para recordarle que se había levantado y se había marchado del hostal antes de desayunar. Además, su cuerpo se negaba a dormir cuando a esas horas para él era plena luz del día. Al otro lado de la plaza, vio un puesto que vendía roscas rociadas con semillas de sésamo. Con eso le bastaría hasta que encontrara algo más sustancioso.

Estaba esperando a que le metieran la rosca en una bolsa cuando se acercó un anciano encorvado que portaba un bastón.

–¿Inglesa? –le preguntó, con una sonrisa desdentada que adornaba un rostro que parecía hecho de cuero–. ¿Estadounidense?

–Australiana –respondió ella, consciente de que por su físico y atuendo resultaba fácil identificarla como turista para todos los que quisieran vender algo.

–¡Australiana! ¡Australiana! –exclamó el nombre con una carcajada, como si los dos tuvieran un vínculo en común–. Tengo monedas –le susurró el hombre, como si le estuviera haciendo un favor–. Buen precio. Baratas.

Amber apenas lo miró. Sam, su hermano pequeño, tenía una colección de monedas. Ella le había prometido llevarle algo de cambio para que pudiera quedárselo, pero no tenía deseos de comprarle más.

–No, gracias. No me interesa.

–Se trata de monedas antiguas –insistió el anciano–. De Troya.

–¿De Troya? –preguntó ella, interesada de repente–. ¿De verdad?

Eso sí que sería un bonito regalo para Sam.

–Muy antiguas. Y muy baratas –dijo el anciano mientras la apartaba del carro de las roscas y se sacaba algo del bolsillo–. Para usted, precio especial.

Le dijo el precio mientras le mostraba dos pequeños discos. Amber se preguntó cómo podía saber si eran de verdad monedas antiguas. En realidad, a Sam no le importaría que no lo fueran, porque prácticamente parecían reales. De todos modos, eran muy caras.

–Es demasiado –dijo. Sabía que su escaso presupuesto no le duraría si empezaba a comprar compulsivamente el primer día.

El hombre bajó inmediatamente a la mitad de lo que pedía.

–Un precio muy especial. ¿Compra?

La tentación se apoderó de ella. En realidad, en dólares australianos, lo que el hombre le pedía en aquellos momentos era una fracción muy pequeña del dinero del que disponía. Se lo podría permitir si no compraba demasiados recuerdos. Sin embargo...

–¿Cómo sé que son auténticas?

–Yo mismo las saqué con el arado del suelo. De mi campo –respondió él colocándose una mano en el pecho, como si Amber lo hubiera ofendido.

–¿Y a nadie le importa que usted saque monedas del suelo y las venda, en especial siendo de un lugar tan famoso como Troya?

–Hay demasiadas monedas. Demasiadas para los museos –dijo. Entonces, volvió a dividir el precio por dos−. Por favor... Necesito medicinas para mi esposa. ¿Compra?

La liebre estaba en manos de otro cazador.

Kadar se había imaginado que ella se habría marchado hacía mucho tiempo. Sin embargo, allí estaba, hablando con un anciano al otro lado de la plaza, con esos vaqueros rojos que relucían como una bandera y ese cabello rubio que brillaba incluso bajo el tenue sol de invierno. Una vez más, sintió aquella oleada de calor en el vientre. Se habría apostado cualquier cosa a que, si ella se volvía para mirarle, vería un idéntico calor en los ojos azules.

Era una pena que fuera tan escurridiza.

Llamó a su chófer y le dijo que estaba esperándole mientras observaba la conversación entre el anciano y la turista. El anciano le mostraba algo en la mano, que la mujer observaba atentamente, haciendo preguntas.

Vio que el anciano agitaba la mano y dejaba caer lo que tenía en ella al suelo. Observó cómo los vaqueros rojos se estiraban sugerentemente cuando se inclinó para recoger lo que se había caído. Se imaginó que serían monedas y frunció el ceño. Si eran monedas, sería mejor que ella tuviera cuidado. La mujer las agarró casi con reverencia en la mano antes de tratar de devolvérselas al anciano.

Él no mostró intención de aceptarlas. Parecía completamente decidido a finalizar la venta. Kadar frunció el ceño al ver que ella metía la mano en el bolso para sacar la cartera.

Vio que su coche se acercaba, pero, justo antes, vio también que dos hombres uniformados se abalanzaban sobre el anciano y la turista.

Capítulo 2

O IGA! –protestó Amber al sentir que alguien le agarraba el brazo.

Cuando levantó la mirada, se encontró frente a un joven que iba ataviado con el uniforme azul oscuro de la *polis*. Entonces, comprobó que había dos policías. El otro agarraba el brazo del anciano, que sonreía débilmente con los ojos teñidos de miedo.

Ese mismo miedo se apoderó de ella y le heló la sangre al ver cómo le arrebataban las monedas de la mano. El policía las inspeccionó y asintió antes de meterlas en una pequeña bolsa de plástico.

¿Qué estaba pasando?

Uno de los policías rugió algo en turco mientras el anciano empezaba a señalarla a ella y balbuceaba algo a modo de respuesta.

–¿Es eso cierto? –le preguntó el policía, con la voz tan dura como la expresión de su rostro–. ¿Le ha preguntado a este hombre dónde puede comprar más monedas como esas?

–No... no...

–En ese caso, ¿por qué estaban en su posesión?

–No. Eso no es cierto. Él se acercó a mí...

El anciano la interrumpió.

–¡Está mintiendo! –exclamó antes de seguir hablando atropelladamente en turco mientras la señalaba furiosamente con la mano que le quedaba libre.

El *polis* volvió a mirarla con desaprobación.

Aunque Amber no era capaz de entender el idioma, comprendió que la situación no pintaba bien para ella.

–Tiene que creerme –suplicó mirando primero a un policía y luego al otro.

La gente comenzó a arremolinarse a su alrededor. Nunca antes se había sentido tan vulnerable. Llevaba menos de veinticuatro horas en un país extranjero muy alejado de su casa y del que no hablaba el idioma. El miedo comenzó a apoderarse de ella. ¿Y si nadie la creía?

Uno de los policías le pidió que le enseñara el pasaporte. Ella rebuscó en el bolso mientras el corazón le latía apresuradamente en el pecho. Por fin, consiguió abrir el bolsillo en el que había guardado el documento.

–¿Sabe usted que es ilegal poseer antigüedades turcas? Es un delito muy grave –afirmó el policía tras inspeccionar el pasaporte.

«Ilegal. Antigüedades. Delito muy grave».

Las palabras comenzaron a darle vueltas en la cabeza. ¿Por qué le estaba diciendo todo aquello? Ella tan solo las había recogido del suelo porque era más fácil para ella que para el anciano con el bastón.

–Pero si no son mías.

–Es ilegal venderlas o comprarlas.

Dios. Sintió que palidecía. Había tenido las monedas en la mano. Había estado a punto de comprarlas. Quería decir que no lo sabía, que ni siquiera estaba segura de que fueran reales, pero no pudo pronunciar palabra. Estaba tratando de encontrar palabras que no la implicaran más aún en aquel lío cuando una voz nueva surgió de entre la multitud. Era una voz profunda y autoritaria.

Al mirar a su alrededor, se dio cuenta de que no se

trataba de cualquier persona. No era una voz cualquiera. Era él. Él. El hombre que había estado observándola en el mercado.

Él le colocó una mano sobre el hombro mientras hablaba. Amber se limitó a quedarse inmóvil, sin poder reaccionar, sintiéndose como si aquel desconocido tuviera algún poder sobre ella.

El anciano le interrumpió diciendo palabras que ella no era capaz de comprender, pero el desconocido lo hizo callar con una frase. El anciano pareció encogerse visiblemente. Su mirada se hizo temerosa mientras los dos policías lo miraban con el ceño fruncido.

A pesar de que el corazón le latía apresuradamente y que el pánico se había apoderado de ella, Amber no pudo evitar notar lo perfectamente que la voz del desconocido encajaba con su imagen. Su voz estaba llena de matices, era profunda y proclamaba una autoridad que no necesitaba ni uniforme ni arma alguna. Él le acariciaba el hombro suavemente con el pulgar. Amber no pudo evitar preguntarse si el desconocido se daría cuenta de cómo le vibraba la piel bajo aquel contacto.

Afortunadamente, las voces que resonaban a su alrededor empezaron a calmarse. Los curiosos comenzaron a perder interés y se fueron marchando. Amber comenzó a sentirse tranquilizada por la presencia de aquel hombre, el mismo hombre del que había huido minutos antes. Fuera cual fuera el problema en el que se había metido, él había conseguido que no fuera miedo el sentimiento principal que la atenazaba, sino deseo.

Algo pareció quedar decidido. El policía le devolvió el pasaporte y asintió antes de que él y su compañero agarraran entre los dos al anciano.

—Debemos ir a la comisaría —le dijo el desconocido.

Apartó la mano del hombro de Amber para sacar su teléfono móvil y realizar una breve llamada–. Tiene que hacer una declaración.

–¿Qué es lo que ha ocurrido exactamente? –preguntó ella. Echaba de menos el calor de su mano–. ¿Qué es lo que les ha dicho?

–Solo lo que vi, que el anciano se le acercó con las monedas y permitió que usted las recogiera cuando él las dejó caer.

–Tenía un bastón –comentó Amber–. Pensé que sería más fácil para mí.

–Por supuesto. Eso era lo que se suponía que pensara usted para que no pudiera fingir que no eran suyas o que no iba a comprarlas.

–Pero sí que iba a comprarlas –dijo ella tristemente–. Estaba a punto de hacerlo cuando la *polis* llegó.

–Eso también lo sé –replicó él con gesto serio–. Por fin –añadió–. Ahí está mi coche. Venga –le dijo tras agarrarle el codo.

Si su voz hubiera sonado más como una invitación que como una orden, o si ella hubiera visto la mano acercarse, Amber podría haber estado preparada. No fue así. Por eso, cuando él le dio su orden y le agarró el brazo con los fuertes y firmes dedos, fue como si estuviera reclamando posesión de ella y ejerciendo el control. Amber supo que, si se metía en aquel coche, su vida no volvería a ser la misma. Algo restalló dentro de ella, una fusión de calor y deseo, de rebelión y miedo tales que la bolsa de la rosca de pan se le cayó al suelo.

–¿Se encuentra bien? –le preguntó él.

Amber no podía decirle la razón por la cual apenas podía respirar.

–Yo... –murmuró ella tratando de buscar una respuesta–. Ni siquiera conozco su nombre.

Él inclinó la cabeza.

–Discúlpeme. Nos hemos saltado las formalidades más habituales. Mi nombre es Kadar Soheil Amirmoez. A su servicio.

Ella parpadeó.

–Se me dan muy mal los nombres. Jamás me voy a acordar de todo eso –admitió. Entonces, deseó no haber abierto la boca. Él ya pensaba que era una ingenua. ¿Por qué darle razones para que tuviera aún peor opinión de ella?

Sin embargo, él sonrió un poco. Era la primera vez que lo veía sonreír y, aquel sencillo gesto, convirtió un rostro masculino, misterioso y atractivo en algo realmente peligroso. Amber sintió que le daba un vuelco el corazón.

–Bastará con Kadar. ¿Y tú eres?

–Amber. Amber Jones.

–Es un placer conocerte –dijo él estrechándole la mano y arrebatándole así a Amber el último retazo de resistencia.

Se agachó ante ella para recoger el pan, que había salido de la bolsa para caer sobre el suelo.

–Esto ya no se puede comer –añadió. Arrojó el pan y la bolsa a una papelera cercana–. Ven. Después de que hayas hecho tu declaración, te invitaré a almorzar.

¿Y después de almorzar? ¿Se la llevaría a algún sitio para hacer realidad la promesa que ella había visto en sus ojos?

–No es necesario –dijo ella–. Creo que ya te he robado demasiado tiempo.

–Yo te he arruinado el almuerzo –replicó él solemnemente mientras la hacía entrar en el coche–. Te debo eso al menos, Amber Jones.

En opinión de Amber, él no le debía nada, pero no

iba a discutir. Tampoco estaba planeando salir corriendo una vez más. Él podría haberla invitado a almorzar más por deber que por interés, pero no podía olvidar el modo en el que la había mirado en el mercado, con unos ojos tan oscuros como la medianoche y tan ardientes como las brasas. También recordaba perfectamente el tacto de la mano sobre el hombro y la promesa que ese contacto transmitía. Tal vez, una Amber distinta y valiente no distaba tanto de ella como había temido, porque quería mucho más.

Pasaron más de dos horas antes de que salieran de la comisaría. Había estado lloviendo y, después del ambiente agobiante y claustrofóbico de las dependencias policiales, resultaba muy agradable. Como el restaurante en el que iban a comer no estaba lejos, Kadar sugirió que fueran andando.

Los tranvías ocupaban el centro de una calzada prohibida para coches y taxis, por lo que se podían escuchar perfectamente los graznidos de las gaviotas que volaban por encima de sus cabezas y el sonido de una docena de idiomas diferentes. De repente, se escucharon los cánticos del imán llamando a los fieles a rezar. Cientos de pájaros se levantaron a una de las cúpulas de la Mezquita Azul y encontraron consuelo los unos en los otros, formando una interminable cinta blanca que parecía envolver el cielo.

En ese momento, Amber comprendió lo afortunada que era de poder disfrutar de aquella vista.

—Podrían haberme acusado —comentó—. Pensé que iban a presentar cargos contra mí.

—Casi pareces desilusionada —dijo él mirándola brevemente.

Amber no contestó, pero se sentía profundamente aliviada. Y también algo confusa.

—No comprendía por qué al principio no parecía nada importante y luego lo han hecho parecer muy grave en la comisaría.

—Lo que hiciste fue una tontería. Por supuesto, tenían que hacerte comprender la gravedad de lo que estabas haciendo.

Aquel comentario escoció a Amber. No quería que Kadar pensara que era tonta. Prefería que la considerara deseable o sexy, que era tal y como la había hecho sentirse cuando la miró en el bazar. Eso era lo que quería que pensara de ella.

—No sabía que hubiera una ley que prohibiera comprar monedas antiguas.

—¿Es que no investigas un poco antes de ir a visitar un país extranjero? Una turista responsable averigua las costumbres y las leyes del país que va a visitar antes de salir del suyo.

—¡Pero si podrían haber sido falsas!

—¿Y no te habría importado intercambiar tu dinero por monedas falsas?

Amber inspiró con despecho. No le gustaba lo que Kadar acababa de decir porque era cierto. Había esperado que las monedas fueran auténticas y, por supuesto, jamás hubiera considerado gastarse el dinero si hubiera pensado que no valían nada.

Había investigado muy poco sobre el país que iba a visitar. Lo habría hecho si hubiera planeado el viaje con anticipación. Sin embargo, había decidido viajar a Turquía apenas dos semanas antes, cuando había tenido que decidir lo que quería hacer después de cancelar unas vacaciones en Bali. Podía quedarse en casa o utilizar el dinero que le devolvieran de los vuelos cancelados y del hotel para ir a un lugar al que realmente le apeteciera ir.

No dudó ni un instante en que el destino elegido sería Turquía. La semilla se había plantado desde el momento en el que descubrió el diario de su trastatarabuela hacía diez años, cuando estaba ayudando a su madre a ordenar las cosas de la casa de su abuela en Inglaterra, la casa en la que su madre había crecido antes de que la familia se mudara a Australia. El diario describía la excitación de una joven sobre un inminente viaje a Constantinopla. Además, encontró una hermosa pulsera envuelta junto al diario. A este le faltaban la mitad de las páginas y lo que quedaba era prácticamente ilegible. Sin embargo, fueron las palabras que su joven antepasada había escrito en la portada las que dejaron huella en el sensible corazón de Amber: *Sigue tu corazón.*

Tanto si fue porque se llamaba igual que su trastatarabuela o porque el entusiasmo de Amber Braithwaite resultaba contagioso, esa semilla creció hasta que ella supo que, un día, quería experimentar por sí misma la exótica capital que había aguijoneado la imaginación de su antepasada más de ciento cincuenta años atrás.

«Sigue tu corazón».

Cameron había pensado que estaba loca.

—¿Y por qué quieres ir a ese lugar? —le había preguntado—. Bali está mucho más cerca y es más barato.

—Pero nadie va a Bali en enero —le había respondido ella—. Es demasiado húmedo.

—Confía en mí —le había asegurado él.

Amber había decidido dejar a un lado sus sueños solo para confiar en él. De hecho, había estado confiando en él hasta el día en el que regresó a casa antes de lo esperado y se lo encontró manteniendo relaciones sexuales con la que se suponía que era la mejor amiga de Amber en la cama que los dos compartían.

Su supuesta amiga le pidió perdón y le aseguró que no volvería a ocurrir porque Cameron no era demasiado bueno en la cama.

«Menudo consuelo».

No. Había llegado el momento de que siguiera a su corazón. Y no tenía que darle explicaciones a Kadar.

–Tal vez simplemente me faltó el tiempo –dijo, sin explicar nada más.

Después de lo ocurrido con Cameron y su amiga, la autocompasión se convirtió en ira. Entonces, decidió que se marcharía al único lugar al que Cameron no querría ir. No tardó mucho en meterse en un avión, así que no, no había tenido mucho tiempo de analizar las leyes turcas ni los peligros que se podría encontrar en su viaje.

Le había bastado con saber que, por fin, estaba cumpliendo su sueño de visitar el país que había embrujado a su trastatarabuela hacía más de un siglo.

–Tal vez tenía otras cosas en mente.

–Tal vez –respondió él, con un tono de voz que sugería que ella no se había molestado en investigar o que no le importaban las leyes que pudiera infringir en el país de otra persona mientras consiguiera lo que quería.

Amber apretó los dientes y se preguntó cuándo exactamente se había evaporado el deseo que había visto en los ojos de Kadar. En realidad, ¿de verdad le importaba lo que él pudiera pensar de ella? Seguramente, en cuanto se separaran después de comer, no volvería a verlo.

–Me sorprende que te arriesgues a que te vean conmigo, dada mi propensión a cometer tantas estupideces.

Él se echó a reír.

–Sé que no hay posibilidad alguna de eso.

–¿Cómo puedes estar tan seguro? Apenas me conoces. No tienes ni idea de lo que podría tratar de hacer a continuación.

–Es la razón por la que saliste de la comisaría con tan solo una advertencia.

–¿Qué se supone que significa eso?

–Los oí hablando. Ha habido un incremento en los incidentes referidos a la venta de monedas y la policía quiere dar un escarmiento. Hablaron de dar ejemplo contigo para evitar que otros turistas trataran de hacer lo mismo. Una joven y bella turista acusada de tráfico de antigüedades conseguiría llamar la atención de la prensa mundial.

Amber contuvo el aliento. Sabía que había estado cerca, pero no tanto.

–¿Y por qué no lo hicieron?

–Porque les dije que hasta que te marcharas mañana, yo daría fe de tu buen comportamiento. Les prometí que no tendrían más problemas contigo mientras estuvieras bajo mi responsabilidad.

«¿Su responsabilidad?». Amber se detuvo en seco.

–¿Les dijiste eso? ¿Quién diablos te crees que eres? No necesito que nadie sea responsable de mí. No necesito una niñera, y mucho menos si es un hombre al que acabo de conocer.

–En ese caso, supongo que habrías preferido que te acusaran y estar ahora languideciendo en una celda de una cárcel turca.

Amber no respondió. Por supuesto que no hubiera preferido eso, pero...

–Ya me lo parecía –prosiguió él leyendo la respuesta de Amber en la expresión de su rostro–. Vamos –añadió agarrándola del brazo antes de que ella pudiera protestar.

Amber lo odiaba por su arrogancia, por la completa seguridad de que estaba haciendo lo correcto. Y lo odiaba más aún por lo estrechamente que la estaba sujetando. Demasiado estrechamente.

Lo sentía contra su cuerpo desde los hombros a las caderas. Con cada paso que daban, se creaba una fricción que se hacía más deliciosa a cada segundo que pasaba. La excitación batallaba contra la indignación. Amber lo maldijo por la habilidad que tenía para irritarla y excitarla a la vez. ¿Cómo podía ser que tan solo con aquel contacto ella disfrutara apoyándose contra él, contra el hombre que acababa de insultarla y que, evidentemente, dudaba de su integridad?

¿Qué clase de necia era?

—Entonces, esto de llevarme a almorzar es un deber para ti.

En aquella ocasión, fue él el que se detuvo en seco. Hizo que ella se parara también e hizo que se girara para obligarla a mirarlo.

—Me tomo muy en serio mis responsabilidades. He dicho que me aseguraría de que no te meterías en líos mientras estuvieras en Estambul antes de que te reúnas mañana con tu grupo y haré lo que he prometido —susurró. La miraba fijamente a los ojos cuando, de repente, levantó una mano y le acarició suavemente la mejilla, un contacto que fue tan suave como eléctrico—. Pero ¿quién ha dicho que el deber tiene que realizarse a costa del placer? Sospecho que el tiempo que pasemos juntos puede ser más que placentero, si tú quieres...

La caricia le provocó un temblor que le recorrió todo el cuerpo. Kadar no dejaba duda alguna sobre lo que le estaba ofreciendo.

Entonces, se encogió de hombros y bajó la mano.

—Sin embargo, si quieres que me limite a cumplir mi

deber, solo tienes que decirlo. Si decides que no deseas placer, me mantendré en lo que le prometí a la *polis* y me aseguraré de que no te metes en más líos antes de que te marches de Estambul mañana. Te aseguro que no insistiré. No tengo por costumbre insistirles a las mujeres. ¿Qué va a ser, Amber Jones? ¿Deber o placer?

Amber no se podía creer que estuviera teniendo aquella conversación. Durante toda su vida, siempre había hecho lo correcto. Había tomado las decisiones más sensatas, había ido a lo seguro. Jamás había corrido riesgos. Siempre había sido muy responsable.

«Y mira dónde te ha llevado tanta sensatez».

Un novio muy seguro, que evidentemente no la había valorado y que había resultado ser de todo menos fiable.

Le ardía la sangre con las posibilidades que Kadar le ofrecía. De hecho, si era sincera consigo misma, llevaba ardiéndole desde que lo vio observándola en el Bazar de las Especias.

Estaba en Estambul, a miles de kilómetros de su antigua vida. Tal vez era una locura acceder a pasar una noche con un desconocido en un país tan lejano. Sin embargo, había llegado la hora de correr riesgos. La hora de dejarse llevar por la excitación que sentía en la sangre y por su lado más salvaje, tal y como su trastatarabuela había hecho hacía más de ciento cincuenta años.

Miró a Kadar, el de la piel dorada y los ojos tan oscuros como una noche en el desierto. El corazón le latía con fuerza en el pecho solo por estar tan cerca de él. Sabía que, si se decantaba de nuevo por lo seguro, lo lamentaría el resto de su vida.

Su respuesta resonó tan clara como los graznidos de las aves que volaban por encima de sus cabezas.

–Placer.

Los ojos de Kadar parecieron iluminarse. Se le fruncieron los labios en una sonrisa de aprobación mientras le agarraba a Amber la mano.

–En ese caso, placer será.

Kadar sonrió para sí mientras conducía a Amber a un restaurante cercano en el que, con toda seguridad, podrían saborear deliciosos platos como berenjenas o pimientos rellenos, guisados de pollo o cordero con garbanzos o brochetas de cordero o pollo acompañadas de fragante arroz.

La mansa liebre había resultado ser menos tímida de lo que había parecido en un principio. Había salido huyendo de él en el Bazar de las Especias, pero por fin se veía que tenía espíritu. A la hora de elegir, había escogido el placer. Al menos el tiempo que pasara cuidando de ella no estaría completamente desaprovechado.

A pesar de que ella afirmaba que desconocía las leyes, no confiaba en ella. ¿Qué era si no lo que afirmaban los extranjeros cuando se les pillaba con las manos en la masa? Siempre fingían ignorancia. De todos modos, no tenía por qué confiar en ella. Lo único que tenía que hacer era evitar que se metiera en líos hasta que lograra meterla al día siguiente en el autocar que la llevaría a conocer otros lugares de Turquía. Entonces, su trabajo estaría hecho.

Además, mantenerla alejada de los que se dedicaban a la venta ilegal en las calles no sería problema alguno con lo que tenía en mente.

Los mechones de su cabello se movían atrayentemente con la brisa mientras caminaban. El cuero de la cazadora que ella llevaba puesta se rozaba sugerentemente contra la manga del abrigo de él. Kadar giró la cabeza y captó el perfume de Amber, floral y ligero. No le gustaban ese tipo de aromas. Prefería las mujeres que se perfumaban con esencias más intensas, pero a ella le iba bien. Inocente, con un toque de sensualidad. Con un toque de promesa

Le gustaba, pero le gustaba aún más la promesa. Sonrió. Si sus tres amigos pudieran verlo en aquellos momentos, se echarían a reír. Le dirían que tuviera cuidado, que estaba tentando al destino. Recordó la última vez que estuvieron juntos, en la boda de Bahir. Recordó las bromas de los dos hermanos del desierto recién casados. ¿Quién sería el siguiente? Entre Rashid y Kadar, ¿cuál de los dos sería el primero en casarse? Rashid y Kadar se habían señalado el uno al otro y se habían echado a reír.

Por supuesto, la idea de que ellos siguieran el camino de los dos primeros pronto era descabellada. Zoltan se había casado con la princesa Aisha para asegurar su reino de Al-Jirad y Bahir se había casado con Marina, que era hermana de Aisha y que había sido su amante ya antes. Los dos casamientos estaban predestinados, aunque hubiera sido inimaginable que los dos hermanos del desierto se casaran en tan breve espacio de tiempo.

Habían pasado ya tres años desde la boda de Bahir y Kadar no estaba más cerca del matrimonio de lo que lo había estado entonces. ¿Por qué iba a estarlo?

Los cuatro hombres eran como hermanos, unidos por lazos mucho más importantes que la sangre. Se habían conocido mientras estaban en la universidad en Estados Unidos y, aparte de Mehmet, eran la única familia que Kadar necesitaba.

En aquellos momentos, aunque su vínculo seguía

siendo muy fuerte, no sentía ninguna necesidad desesperada de seguir el camino del matrimonio como sus
amigos. El matrimonio era para personas que deseaban
tener una familia, pero Kadar llevaba solo desde que tenía seis años y le iba muy bien. No se imaginaba cam-
biando esa situación en un futuro próximo, en especial
cuando todas las mujeres que conocía estaban encanta-
das de plegarse a sus deseos. Sus amigos podían pensar
lo que quisieran, pero él no sería el próximo en casarse.
De eso estaba muy seguro. No estaba pensando en el
matrimonio con ninguna mujer, y mucho menos con
una que había salvado de las garras de la *polis*.

Por lo tanto, no se podía decir que estuviera tentando
al destino solo por pasar una noche con ella. Amber Jones no era nada más que una turista guapa. Una visitante de Estambul.

Temporal.

Perfecto.

Capítulo 3

EL AROMA de la carne asada y muchos otros platos de aspecto absolutamente delicioso salió por la puerta abierta para tentar a Amber. Durante un instante, estuvo a punto de olvidarse de que acababa de comprometerse a una noche dedicada exclusivamente a los placeres del sexo. En aquellos momentos, lo que tenía en mente era mucho más importante.

–Me muero de hambre.

Kadar la acompañó al interior.

–Puedes elegir de aquí o hay una carta si no te apetece ninguno de esos platos.

Para una mujer cuyas últimas comidas habían sido preparadas en un avión o en un restaurante de comida rápida y que llevaba bastante tiempo sin comer, la elección estaba clara. No tenía intención alguna de esperar cuando había tantos platos ya preparados.

–No –dijo–. Esto está bien.

Eligieron lo que iban a tomar y el camarero les acompañó a una mesa en la planta superior, junto a la ventana. Una vez más, Amber se quedó maravillada con las vistas. Desde allí se dominaban los minaretes de Santa Sofía y de la Mezquita Azul.

También quedó maravillada por el hombre que estaba sentado frente a ella, con su misterioso atractivo y sus ardientes ojos de largas pestañas, magníficas como la seda negra y tan largas que deberían ser un pecado.

Él le había prometido que no volvería a tener problemas con la ley mientras estuviera bajo su tutela. ¿Dónde estaba la rabia que ella había sentido cuando él le reveló aquel pequeño detalle? ¿Se había despojado de ella con la misma facilidad que él se había despojado del abrigo?

Vio que él llevaba puesto un jersey gris perla que acariciaba muy íntimamente un torso que podría haber estado tallado en piedra. Tuvo que apartar la mirada, presa de repente de un intenso calor. Se quitó la cazadora y la dejó sobre una silla. Después, hizo lo mismo con el pañuelo. Entonces, se atusó el cabello, esperando que no estuviera tan despeinado como le parecía. Cuando miró a Kadar, vio que él la estaba observando de un modo profundo e inescrutable. Se sintió muy turbada.

—¿Qué es lo que ocurre?

No ocurría nada. Todo marchaba exactamente como Kadar se había imaginado. Le gustaba mucho lo que estaba viendo en aquellos momentos. Mucho. Los senos de Amber llenaban perfectamente el jersey de amplio escote redondo, sin excesos pero también sin carencias. Kadar se imaginó acariciándole el costado mientras ella yacía desnuda junto a él en la cama, deslizando el dedo por la deliciosa ladera de las costillas hasta llegar a la repentina hondonada de la cintura, para luego bajar por la cadera y el muslo. Anhelaba poder beber de su silueta a través del tacto de la mano.

Lo haría muy pronto.

Por fin llegó la comida. Kadar levantó su copa de agua con gas a modo de brindis y sonrió.

—Nada malo.

Le encantaba el modo en el que el cabello le enmarcaba el rostro y reflejaba la luz. Resultaba embriagador. Sería tan fácil pasar una noche con ella...

Solo una noche.

Asegurarse de que ella permanecía alejada de todo peligro no había sido un acto de generosidad. La mantendría ocupada en su cama para que ella no tuviera tiempo de meterse en líos. Después, se despediría de ella, se daría la vuelta y la olvidaría. Si ella volvía a meterse en líos, no sería responsabilidad suya, sino del guía del grupo.

Perfecto.

–De hecho –dijo esbozando una sonrisa de su arsenal que sabía que resultaba irresistible para las mujeres–, no podría estar más contento con el modo en el que están saliendo las cosas.

Amber se sintió presa de aquellas palabras, del fuego que ardía en los ojos de Kadar y de la sensual sonrisa que prometía placeres de la carne y sensaciones que le atenazaron por completo el cuerpo.

–Lo único que espero –añadió él–, es que tengas buen apetito.

Amber comprendió que no estaba hablando de la comida. Tragó saliva. Se sintió como pez fuera del agua. Tratar de charlar con aquel hombre era como verse empujada por las olas, tener que enfrentarse a la espuma y a la arena del mar para saber hacia dónde estaba la superficie y poder tomar una bocanada de aire antes de que llegara la siguiente ola.

–Estoy muerta de hambre –susurró ella. De repente, ella tampoco estaba hablando del almuerzo.

Kadar le indicó el plato.

–En ese caso, come. Que aproveche.

Aquellas palabras fueron un alivio bienvenido, a pesar de que había elegido demasiada comida. Tenía el plato a rebosar.

Un enorme pimiento rojo relleno de carne y arroz descansaba junto al pollo con ocra y una esponjosa montaña de arroz blanco en un plato auxiliar. Todo parecía delicioso y olía delicioso, aunque ella se habría olvidado rápidamente de la comida si él le hubiera sugerido que se marcharan de allí para satisfacer un apetito de una clase muy diferente.

Se llevó un poco del relleno del pimiento a los labios y cerró los ojos al sentir la explosión de sabores en la lengua. Se sintió en el paraíso.

—¿Está bueno? —le preguntó él.

Amber abrió los ojos y vio que él la estaba observando del mismo modo que la había mirado en el Bazar de las Especias.

—Más que bueno. ¿Tan evidente resulta? —preguntó algo avergonzada.

—No tienes por qué sentirte mal por disfrutar de la comida. Me gusta ver el modo en el que comes. Me gusta lo que dice sobre ti.

Ella sintió que se le hacía un nudo en la garganta y tomó un sorbo de agua antes de poder preguntar lo que deseaba saber.

—¿Y qué es lo que dice sobre mí?

—Que eres una mujer apasionada. Que gozas con los sentidos y que no temes demostrarlo. Y eso me gusta.

Las sensaciones se apoderaron de ella. Nadie le había hablado nunca como le hablaba ese hombre. Nadie le había dicho nunca que era una mujer apasionada, ni siquiera Cameron.

A pesar de que le faltaban las palabras para responder, sabía muy bien lo que estaba haciendo Kadar. Estaba seduciéndola. Estaba acariciando su cuerpo con palabras, avivando su deseo con cada sílaba.

—¿Quién eres?

–Ya te he dicho mi nombre.

–Es cierto, pero no creo que eso responda a mi pregunta. Me tienes en desventaja. Tú sabes dónde vivo, mi fecha de nacimiento... Lo sabes todo porque lo oíste todo mientras me interrogaba la policía. Sin embargo, yo no sé nada sobre ti.

–¿Todo? –replicó él mirándola de un modo perezoso, casi insolente–. Estoy seguro de que aún quedan secretos por descubrir.

–Deja de hacer eso.

–¿De hacer qué?

–De acariciarme con las palabras.

–Los gatos y las mujeres... –comentó él con una sonrisa–. Yo pensaba que a los dos les encantaba que los acariciaran.

–Es cierto –replicó ella sonriendo también–. A los gatos, como a las mujeres, les gusta que les acaricien cuando ellos quieren. Sin embargo, cuando han tenido más que suficiente, sacan las garras.

Amber había esperado otra frase ingeniosa, no una carcajada. Kadar lanzó una carcajada profunda, llena de matices, que la sorprendió y lo sacó de la casilla en la que ella lo había colocado.

Kadar era un hombre arrogante y poderoso, capaz de rebatir sus argumentos, de destrozar sus defensas y de hacerle hervir la sangre tan solo con unas palabras bien elegidas o una mirada de aquellos ardientes ojos. No se había imaginado que también pudiera reír, pero le gustaba que así fuera.

–No esperaba disfrutar tanto de este almuerzo. ¿Qué es lo que deseas saber?

–Quiero saber cosas de ti. Tú no eres turco, ¿verdad? Al menos, ni tu aspecto ni tu acento lo parecen.

–No. No exactamente.

–Y, sin embargo, la policía me confió a tu cuidado. ¿Por qué hicieron una cosa así? ¿Por qué confían en ti?

–Tal vez porque conocen mi reputación.

–Entonces, ¿quién eres tú? –insistió ella.

Kadar se reclinó contra la silla.

–Soy un hombre de negocios. Tengo muchos intereses en Turquía. Apoyo algunas de las industrias locales. Eso es todo.

–¿Alfombras?

–Tal vez –asintió él.

–¿Y por eso vives en Turquía?

–A veces. A veces vivo en otro lugar.

–¿Dónde? ¿Tienes esposa e hijos escondidos en alguna parte? ¿Tal vez varias esposas y varios hijos?

Kadar se echó a reír.

–No. Ni esposa ni hijos. Y no busco ninguna de las dos cosas. ¿Has terminado ya con el interrogatorio?

Amber negó con la cabeza.

–¿De dónde eres, señor Kadar, si no eres de Turquía?

–¿Acaso importa de dónde sea? Estoy aquí ahora, contigo. Eso es lo único que importa.

–Si esperas que duerma contigo –repuso ella, algo frustrada por no conseguir respuestas–, creo que tengo derecho a saber algo de ti.

–Creo que te has llevado una impresión equivocada, porque no espero que duermas.

Amber sintió que se diluía por dentro. Nada de dormir porque estarían...

Parpadeó y miró su plato. Entonces, tomó el tenedor y comenzó a pinchar el pimiento relleno, que suponía que estaba tan solo un poco más rojo que sus mejillas.

¿De verdad quería seguir preguntando? ¿De verdad le importaba que él no respondiera a sus preguntas o no saber de qué país provenía?

Ya había decidido que iba a pasar la noche con él, por lo que no importaba nada. No iba a cambiar nada.

–Me encanta la comida turca –comentó secamente, sin saber qué decir.

–En ese caso, te ruego que no me permitas que te impida seguir disfrutándola.

Amber trató de concentrarse en su comida, a pesar de que no podía evitar constantes pensamientos de seducción que le hacían vibrar en lugares íntimos y secretos. Le resultó difícil por el hombre que tenía sentado frente a ella y la promesa del sexo pendiente entre ambos. Además, la conversación estaba plagada de frases de doble sentido y las miradas de deseo entre ambos iban acompañadas de eléctricos roces de dedos cuando los dos trataban de alcanzar la cesta del pan al mismo tiempo.

Ella declinó el postre, por lo que Kadar se limitó a pedir café cuando el camarero fue a recoger los platos. Amber había comido bastante de su plato, pero no había podido terminárselo. Sin embargo, en vez de sentirse satisfecha, se sentía tan nerviosa como un gato persiguiendo a un ratón. No podía dejar de preguntarse qué iba a pasar a continuación.

Como si presintiera lo nerviosa que estaba, Kadar miró el reloj.

–¿Estás lista?

Un cálido estremecimiento le recorrió la espalda a Amber. Sabía perfectamente a lo que él se refería. Después de todo, ella había accedido a pasar una noche de placer con él. Bajo la mesa, se le tensaron los músculos de los muslos.

–Creo que sí.

–En ese caso, deberíamos marcharnos. Mi apartamento no está muy lejos, pero iremos primero a recoger tus cosas.

–¿Mis cosas?

–¿No te parece que tiene sentido? Después de todo, te marchas de Estambul mañana por la mañana muy temprano.

Amber se lamió los labios y asintió.

–Por supuesto. Tienes razón –dijo preguntándose cómo era posible que él siguiera siendo capaz de pensar racionalmente mientras que ella tan solo podía pensar en dormitorios y en sexo.

Seguramente, estaba acostumbrado a esa clase de aventuras de una noche. Tal vez aquella clase de situación no era tan inusual para él como lo era para ella.

No era que ella estuviera interesada en construir una especie de relación con él. Después de la traición de Cameron, no le interesaba tener ningún tipo de relación con ningún hombre. Por lo que a ella se refería, una aventura de una noche era perfecta. Podría dar rienda suelta a sus más profundas fantasías e incluso experimentar lo que su antepasada podría haber sentido hacía más de siglo y medio.

Una noche con un desconocido sería más que suficiente. Para los dos. Kadar se había apresurado a decir que no le interesaba nada más. Fueran cuales fueran sus razones, Amber admiraba su sinceridad. Después de la experiencia que acababa de tener, después de las mentiras y los engaños, el cambio resultaba de lo más refrescante.

Se levantó y se dispuso a ponerse la cazadora, pero Kadar llegó antes. Se la sujetó para que ella pudiera ponérsela. Amber lo miró por encima del hombro y vio que él sonreía. Tenía también la llama del deseo presente en los ojos, como si supiera exactamente las reacciones que estaba provocando en ella al acariciarle suavemente el cuello con los dedos, prendiéndole así fuego en la piel.

Dios mío...

¿En qué se estaba metiendo? ¿Y por qué diablos se moría de ganas por descubrirlo?

Agarró su pañuelo y se lo enrolló alrededor del cuello para no deshacerse allí mismo por el calor que el contacto de Kadar le estaba produciendo en el cuello. Entonces, le dedicó una sonrisa que trataba de trasmitir seguridad en sí misma, pero que era completamente falsa.

–¿Nos vamos?

Capítulo 4

EL HOSTAL de Amber estaba perdido entre las callejuelas, cerca de las antiguas murallas de la ciudad. Era tan barato que casi no se podía considerar ni un hostal siquiera, pero estaba situado muy cerca de los principales lugares turísticos de la ciudad. Ella vio cómo Kadar estudiaba el desaliñado exterior, con la pintura desconchada, y se imaginó lo que él debía de estar pensando.

–La mejor relación calidad precio de Sultanahmet –dijo ella–. No entres. Volveré enseguida. No tardaré ni un minuto en recoger mis cosas.

Kadar no comentó nada, lo que a ella no le sorprendió. Sabía que alguien como él jamás habría entrado en un lugar como aquel y que no era muy probable que sintiera la tentación de hacerlo.

Rápidamente, recogió las cosas que había dejado en su pequeña habitación y repasó todo para asegurarse de que no le faltaba nada. Itinerario de viaje, objetos de aseo... De repente, sintió que se le helaba la sangre cuando no pudo encontrar la pulsera. Recordó haberla visto allí aquella mañana, de eso estaba completamente segura porque pensó en ponérsela. Luego descartó la idea, por lo que estaba segura de que la había dejado allí...

Sacó todas sus cosas de la mochila y la registró frenéticamente. Estaba empezando a aceptar que tendría que ir a poner una reclamación en Recepción alegando que alguien había entrado en su habitación, cuando sacó un par de zapatillas deportivas y la pulsera salió rodando hacia la cama. Se sintió profundamente aliviada. Se llevó inmediatamente la pulsera al pecho y recordó que la había metido en las zapatillas antes de salir por la mañana para que estuviera más segura. No era más que una baratija, pero tenía un gran valor sentimental para ella. Si la perdiera, jamás se lo perdonaría.

Como Kadar la estaba esperando en el exterior, lo recogió todo rápidamente y salió de la habitación.

Le esperaba una noche de ensueño con un hombre que, tan solo con una mirada, podía hacerla temblar y desear cosas que seguramente ni siquiera se imaginaba. Salió del hostal con una miríada de preguntas recorriéndole el pensamiento.

¿Se habría encontrado su trastatarabuela con un hombre así? La historia familiar entre líneas decía que Amber se había quedado allí, en paradero desconocido, durante mucho tiempo. ¿Había elegido ella quedarse allí tanto tiempo porque había conocido a un hombre como Kadar, con fuego en los ojos y seducción en las palabras?

Después de lo que le había ocurrido a ella aquel día, todo le parecía posible.

Sin embargo, eso no explicaba por qué había regresado a Inglaterra. Había tantas preguntas que ya no conseguiría responder... Sin embargo, al menos estaba allí, recorriendo las mismas calles y viendo los mismos lugares que su antepasada debió de haber visto hacía más de ciento cincuenta años. Resultaba fascinante pensar en la impresión que la ciudad habría causado en ella después de haberse criado en las suaves colinas de Hertfordshire.

Amber tampoco iba a quedarse. Se marcharía al día

siguiente. Y, dado el tiempo que había perdido en la habitación buscando la pulsera, sería increíble que Kadar siguiera esperándola fuera.

Salió del hostal y miró a su alrededor. El corazón se le sobresaltó en el pecho al darse cuenta de que no podía localizarlo. De repente, temió haber tardado demasiado tiempo. Él podría haber perdido interés o haber encontrado a otra mujer a la que acoger aquella noche.

No. Él no la dejaría porque había prometido a la *polis* que la vigilaría hasta que ella se uniera a su grupo al día siguiente. Entonces, tras calmarse un poco, lo vio a la sombra de una vieja pared hablando por su teléfono móvil.

Amber no tuvo que esperar para decirle que ya estaba lista. Él levantó la mirada casi como si hubiera presentido que ella le estaba observando. Se metió el teléfono móvil en el bolsillo inmediatamente.

Durante el almuerzo, ella lo había acusado de acariciarla con las palabras. En aquellos momentos, mientras recorría la distancia que los separaba, parecía estar acariciándola con los ojos.

Y eso le gustaba.

Incluso bajo la cazadora de cuero, los senos se le irguieron y se le hincharon. Los pezones se le pusieron erectos. El roce de la cazadora contra la carne era como una sensual caricia. Bajo los vaqueros, los muslos le temblaban ante la perspectiva de pasar la noche con un hombre así.

Para una mujer que había creído que solo podía hacer el amor con un hombre del que estuviera enamorada, su modo de comportarse le resultaba completamente ajeno.

Estaba a punto de tener relaciones sexuales con un desconocido y su cuerpo ya vibraba de anticipación.

¿Cómo era posible? No lo sabía. No lo comprendía. Lo único que sabía era que deseaba aquella noche y que iba a tenerla para llevársela como recuerdo de aquel exótico viaje a Turquía. Tal vez, su trastatarabuela había experimentado también algo así muchos años antes.

–Ya está –dijo algo nerviosa cuando él se le acercó.

Él le quitó la mochila.

–¿Esto es lo único que tienes?

–Viajo ligero –repuso ella encogiéndose de hombros.

–Eso te convierte en una mujer poco usual –comentó él.

No dudaba ni por un instante que la mochila pesaría más en su viaje de vuelta a casa. Compraría toda clase de objetos y recuerdos. No se creía ni por un momento que ella fuera tan inocente como fingía ser y habría muchos vendedores y muchas baratijas de las que aprovecharse antes de su regreso a casa.

No le preocupaba.

Si Amber volvía a aventurarse al otro lado de la legalidad, tal y como estaba seguro de que ocurriría, ella sería ya el problema de otra persona.

Charlaron mientras él la conducía por las callejuelas de Sultanahmet. Kadar no era turco, pero había vivido allí el tiempo suficiente para conocer la historia de la zona y los relatos del variopinto pasado de Estambul. Ella escuchaba todo lo que él le contaba, aunque Kadar se preguntaba cuánto de ello estaba asimilando. Sentía el nerviosismo que emanaba de ella en la brillantez de sus ojos y en la excitación de sus apresuradas respuestas.

Eso le divertía. La pequeña liebre se sentía fuera de lugar y estaba tratando desesperadamente de no demostrarlo. Sin embargo, cada vez que se inclinaban el uno sobre el otro y sus brazos se rozaban, ella se sobresaltaba y contenía la respiración. Entonces, se lamía los labios y fingía que no había ocurrido nada.

Kadar sonrió. Nunca antes había sentido tan imperiosamente la necesidad de frotar el brazo contra el de otra persona.

Cuando llegaron a la imponente entrada del edificio restaurado del siglo XIX donde él vivía, Amber se quedó sin aliento. Miró hacia las columnas de la elegante entrada y las altas ventanas arqueadas.

–¿Vives aquí?

–Tengo un apartamento aquí, sí –respondió él. No había necesidad de decirle que él era el dueño de todo el edificio. Ella no había preguntado detalles y él no tenía deseo alguno de dárselos. Tampoco le había preguntado en qué planta estaba su apartamento.

Por lo tanto, para Amber fue una verdadera sorpresa cuando el pequeño y antiguo ascensor subió hasta el ático. La puerta que encontraron dio paso a un espacioso y luminoso apartamento decorado con vivos colores y con unos ventanales que iban desde el suelo hasta el techo.

–Dios mío...

Se quitó el pañuelo del cuello y se vio atraída inexorablemente hacia aquellas ventanas. La vista que se dominaba desde allí era maravillosa. El mar de Mármara se extendía frente a ellos en todo su esplendor.

–Por favor... estás en tu casa –dijo él mientras abría la puerta de cristal.

Amber salió a la amplia terraza y vio que rodeaba por completo todo el apartamento. Ante ella y a la derecha, se encontraban las bulliciosas rutas de navegación y, a su izquierda tenía una vista panorámica de la ciudad antigua y del Cuerno de Oro, el estuario que divide en dos la ciudad de Estambul. Mientras Amber observaba la escena, el sol comenzó a ponerse en el horizonte, tiñendo de rosa la ciudad. Cuando la hora del rezo llegó, los pájaros se alzaron en el cielo y se tornaron también rosados mientras volaban y planeaban hacia el cielo de poniente.

–Guau....

Amber sabía que la expresión era totalmente inadecuada, pero fue incapaz de encontrar las palabras que hicieran justicia a la maravillosa vista. Sintió más que oyó que Kadar estaba a sus espaldas.

–Algunas personas dicen que París es la ciudad más hermosa del mundo –murmuró él.

Amber sintió sus palabras en el movimiento del aire y en la vibración que notó en los huesos. Las sintió en el movimiento del cabello en la nuca. Cada parte de su ser vibró.

Lo sintió todo a pesar de que él no la tocó. Precisamente la ausencia de contacto la hizo más consciente de él que nunca. Contuvo la respiración.

En sus veinticinco años, jamás se había considerado osada. Más bien, había sido completamente contraria al riesgo. Sensata. Aburrida.

Sin embargo, aquel día, con aquel hombre y en aquel lugar, y a la sombra de una mujer que fue lo suficientemente valiente como para aventurarse allí hacía ciento cincuenta años, no iba a esperar. Se dio la vuelta, levantó la barbilla y cruzó su mirada con los ojos misteriosos e impenetrables de Kadar.

–¿Qué te parece a ti? –le preguntó, como si no supiera lo que él iba a contestar.

–No hay duda –respondió él colocándole un mechón de pelo detrás de la oreja.

Entonces, dejó que los dedos se detuvieran un instante sobre la dulce mejilla. El contacto fue eléctrico. Los ojos de Kadar eran oscuros como el café turco. Examinaban los rasgos de Amber uno por uno. Solo se detuvieron cuando encontraron los labios.

–Estambul –dijo él acariciándole la mandíbula y la nuca–. Estambul es la ciudad más hermosa de toda la Tierra.

Él tenía una boca muy hermosa. Muy masculina. Amber podría observar durante toda la eternidad cómo pronunciaba las palabras. Podría escuchar aquella profunda voz y jugar a tratar de concretar su origen durante toda una vida.

Kadar era como la ciudad. Exótico, emocionante, lleno de misterio y aventuras. Y ella le pertenecía aquella noche.

Amber contuvo la respiración y separó los labios cuando sintió que él la estrechaba un poco más contra su cuerpo.

–Lo creo –susurró sin poder apartar los ojos de los labios de él.

–Muy hermosa.

La estrechó completamente contra su cuerpo. Comenzó a besarla, un toque de seda, una torturadora caricia, seguida por un beso tan suave y tan delicado que la dejó mareada y sin aliento. Se habría desmoronado si él no la hubiera tenido entre sus brazos.

Sabía tan bien... A especias, a calidez, a la promesa de una noche completamente dedicada a los placeres de la carne.

Kadar profundizó el beso, aumentando así el deseo de Amber. Ella respondió inmediatamente a las exigencias de la cálida boca e inquisitiva lengua y se aferró a él, prácticamente sin aliento, con el raciocinio totalmente presa del deseo.

Kadar oyó un gruñido, su gruñido, y apartó la cabeza. Ella lo miró y vio que fruncía el ceño.

–Espero que tengas un estómago fuerte –le dijo, con voz ronca y una cierta nota de amargura.

Amber parpadeó, confusa. De repente, el miedo se apoderó de ella al darse cuenta de que nadie sabía dónde estaba. Nadie más que la *polis,* que la había entregado por completo a aquel hombre.

Kadar era un desconocido. Le había prometido placer, pero no había nada que dijera que la versión que él tenía del placer era la misma que la de ella.

Se echó a temblar. ¿Qué tenía planeado para ella?

El miedo debió de reflejársele en los ojos.

–Te prometo que no te haré daño –dijo Kadar, aunque su voz distaba mucho de ser amable, como si se hubiera dado cuenta de lo que ella había estado pensando–. Sin embargo, te advierto que lo que vas a ver no es agradable.

Capítulo 5

KADAR se dijo que era su deber advertirla. La clase de mujer con la que él solía estar era muy mundana. Ese tipo de mujer era capaz de perdonar cualquier cosa: edad, obesidad, deformidad..., si los incentivos eran los adecuados. Una noche o dos en un hotel de lujo. Un vestido. Una joya. Sexo de primera.

La clase de mujer con la que él solía estar parpadeaba y miraba hacia otro lado, fingiendo que no pasaba nada. Después, estaba encantada de poder seguir con su vida.

Amber no pertenecía a esa clase de mujeres. Tal vez no fuera tan inocente como quería aparentar, pero sí que era más ingenua que sofisticada. Por eso, en aquellos momentos, se estaba mordiendo los labios. Por eso había salido huyendo de él en el Bazar de las Especias.

Si había salido huyendo de él en aquel momento, ¿qué haría cuando lo viera?

Tal vez lo mejor habría sido dejarla marchar.

Sin embargo, eso ya no era una opción. En aquellos momentos era su responsabilidad y ella había elegido lo que quería hacer para pasar la noche. Placer. Veía en sus ojos que esperaba una noche perfecta. Una noche que pudiera llevarse a casa como recuerdo de aquel viaje. Una aventura de vacaciones que poder contarles a sus amigos. Seguía mostrándose tímida, pero se había convencido de que aquello era lo que quería y ardía en deseos de conseguirlo. Se mostraba ansiosa y dispuesta entre sus brazos. Su boca parecía la canción de una sirena. Era imposible alejarse de ella.

Sin embargo, tenía poca experiencia. Él no la metería en su cama sin advertirle de que las cosas podrían no ser tan maravillosas.

Amber lo miró. Le temblaba ligeramente el labio inferior.

–Soy una mujer hecha y derecha, Kadar. Puedo afrontarlo.

Él volvió a besarla por el aspecto vulnerable e inseguro que tenía. Una parte de él temía que ella pudiera cambiar de opinión cuando lo viera y no quería que fuera así. Solo que estuviera preparada.

–En ese caso, ven conmigo. Te lo mostraré.

Volvió a llevarla al interior del apartamento y cerró las puertas.

Los sentimientos de Amber estaban entre la excitación y el miedo. Al ver que él se quitaba el abrigo y que le tocaba la mano para llevarla al dormitorio, su cuerpo empezó a vibrar de deseo.

Cuando Kadar encendió la luz, lo que Amber vio fue tal y como se lo había imaginado. Una amplia cama cubierta con una colcha dorada, cortinas de ricos tonos y alfombras turcas que cubrían el suelo y reunían todas las tonalidades de la habitación en un revuelo de esplendor de seda.

Sin embargo, la decoración no recibió más de una mirada. Era el hombre el que merecía su atención. Kadar se quitó los zapatos. Amber contuvo el aliento deseando poder hacer algo para aminorar los latidos de su frenético corazón.

Nunca antes se había desnudado un hombre para ella. Sin embargo, Kadar no lo estaba haciendo para excitarla. Era, más que deseo, un desafío. Se quitó el jersey de punto, los pantalones y la ropa interior hasta que quedó desnudo delante de ella.

No. No estaba haciendo aquello para excitarla, pero ¿cómo podía no ser así? A pesar de que ella tenía miedo de lo que podría ser tan horrible, resultaba imposible quedarse impasible ante Kadar.

Tras el miedo y la excitación, llegó la confusión.

Sin ropa, Kadar era muy hermoso. Los hombros desnudos, el torso, el vello que lo cubría y que dibujaba una línea por el vientre que parecía señalar directamente al nido de vello negro del que colgaba su miembro, grueso y pesado. Amber sintió que la excitación le recorría el cuerpo.

Fue entonces cuando se dio cuenta de la piel enrojecida. De la cicatriz sobre una cadera.

Se fijó un poco más y, entonces, Kadar supo que tenía su atención y comenzó a girarse. Amber contuvo la respiración.

Desde la cadera derecha a los anchos hombros, toda la espalda de Kadar estaba cubierta de cicatrices, enrojecidas y furiosas, que parecían tensar dolorosamente la piel y que se envolvían las unas sobre las otras en muchos lugares, dejando la piel abultada en unos sitios y tensa en otros. Parecía que se hubiera deshecho y que, tras revolverse, se hubiera secado así.

Fuera lo que fuera lo que le había ocurrido, había pasado hacía mucho tiempo. Debía de haber sido algo brutal. Amber solo podía imaginarse el dolor que debía de haber sentido en el momento e incluso en los meses y años posteriores.

–¿Sientes repulsión hacia mí?

Kadar la estaba observando por encima del hombro. Ella lo miró fijamente a los ojos.

–¿Acaso quieres que sienta repulsión?

–¿Cómo dices? –le preguntó él dándose la vuelta.

–Sufriste quemaduras. Tienes cicatrices. Es imposible no darse cuenta. Así que, ahora que ya lo he visto, ¿quieres que te pregunte cómo ocurrió o que lo ignore?

–Que lo ignores.

–Está bien. Entonces, eso será lo que haremos. Y, en ese caso, creo que uno de los dos está demasiado vestido.

Fue el comentario más descarado que había dicho nunca. Un segundo más tarde, dejó caer la cazadora al suelo, lo más osado que había hecho nunca hasta que la camiseta, las botas y los pantalones siguieron el mismo camino. Menos de un minuto después, estaba frente a él tan solo cubierta con una modesta y poco atractiva ropa interior.

Fue entonces cuando perdió la seguridad en sí misma. Cruzó los brazos sobre la cintura y levantó la mirada al techo. ¿En qué demonios había estado pensando para comportarse como si fuera una especie de bailarina de striptease? Esa no era su manera de actuar. Nunca lo había sido.

Kadar le agarró las manos y la obligó a separarlas.

–¿Por qué te has parado?

Ella negó con la cabeza y bajó los ojos.

–No se me da bien. No puedo fingir algo que no soy.

–¿Que no se te da bien? –le preguntó él. Entonces, guio una mano a su erección para que ella la sintiera.

Amber contuvo la respiración y lo miró. Era tan hermoso... tan grande, tan firme...

–¿Sigues creyendo que no se te da bien la seducción?

Ella parpadeó cuando Kadar levantó las manos para soltarle el cabello.

–Eres una mujer muy hermosa, Amber. Muy hermosa y muy deseable. Créelo.

Con las manos de Kadar en el cabello y la suya sintiendo el peso de la gruesa erección, Amber casi podía creerlo. Entonces, él volvió a besarla mientras le acariciaba los hombros con las manos. Después, las deslizó hacia la espalda para bajarle los tirantes del sujetador. Amber sintió el aire contra los senos. Se le irguieron los pezones al sentir que el sujetador se retiraba y contuvo la respiración al notar que él comenzaba a tocárselos. Sin poder evitarlo, se echó a temblar. Los pulgares de Kadar le rodeaban los pezones, endureciéndolos aún más. Los sentidos de Amber vibraban con cada caricia y el espacio que le quedaba entre los muslos latía con incontenible necesidad.

¿Se había sentido así alguna vez?

Kadar la tomó entre sus brazos como si presintiera su debilidad y su nerviosismo. Sin embargo, no la llevó a la cama.

–¿Dónde vas? –preguntó ella confusa.

–Tenemos toda la noche. No hay prisa. Una ducha te relajará.

A Amber le ardió el cuerpo al pensarlo. De hecho, no le habría sorprendido que el agua se hubiera convertido en vapor nada más tocar su piel.

El cuarto de baño no se parecía en nada a lo que había visto antes. Había una enorme cabina de ducha con un poyete de mármol a los tres lados y una enorme pila tallada de alabastro con un grifo, que él abrió. Una jabonera tenía una pastilla de jabón y una enorme alcachofa colgaba desde arriba.

Kadar sacó un par de paños alargados. Se anudó uno a la cintura y el otro lo colocó sobre la espalda de Amber para luego atárselo sobre los senos.

–¿Has tomado alguna vez un baño turco?

–No.

–Deberías hacerlo antes de marcharte a casa. No puedes perderte una tarde en el *hammam*, pero, hasta entonces, deja que te haga sentir un anticipo.

Deslizó las manos debajo de la toalla.

–Sin embargo, podemos deshacernos de estas –añadió mientras le bajaba las braguitas por las piernas.

Amber no estaba desnuda, o al menos no técnicamente, aunque el paño era lo suficientemente corto como para ser considerado indecente. Le dejaba las piernas completamente al descubierto. Sin embargo, la combinación de las caricias de Kadar y el conocimiento de que tan solo los separaba un fino paño de algodón resultaba muy excitante.

Él la hizo entrar en la ducha y la sentó sobre el poyete de mármol. Entonces, metió un cuenco de metal en la pila y comenzó a echarle el agua suavemente por los hombros.

El agua recorría su piel cálidamente. Kadar volvió a llenar el cuenco de metal y, tras hacer que Amber levantara el rostro, se lo echó por la cara y la cabeza y el cabello. Repitió varias veces el mismo gesto hasta que ella estuvo completamente empapada.

Después, tomó la pastilla de jabón. Antes de empezar a enjabonarle los brazos y los hombros, le explicó que era de aceite de oliva. A continuación, la enjuagó con el cuenco.

Amber decidió que resultaba muy sexy que un hombre llevara tan solo un paño anudado a la cintura. Le encantaba el modo en el que se movían sus músculos bajo la tensa piel. Y le gustaba especialmente que el paño estuviera tan tenso por lo que había debajo. Resultaba mucho más sexy que si hubiera estado completamente desnudo.

¿Era así como se sentía él? Se miró a sí misma y vio que el paño estaba completamente empapado. Se adivinaba perfectamente el contorno de su cuerpo, la cintura y, por supuesto, los senos y los pezones.

Kadar terminó con los brazos y se puso en cuclillas para empezar con las piernas y los pies. Tenía las manos resbaladizas de jabón cuando empezó a masajearle las pantorrillas, las rodillas y los muslos.

Ella extendió las manos, pero él se las detuvo y la obligó a colocarlas sobre el poyete.

—Ten paciencia.

Era una agradable tortura, un asalto a los sentidos, sentir cómo los dedos de Kadar se iban acercando al centro de su feminidad. Él sabía lo que le estaba haciendo. Lo sabía y sonreía. Tras terminar con una pierna, comenzó con la otra.

—Eres un hombre cruel, Kadar.

Él se limitó a sonreír y a repetir la operación sobre la otra pierna. Más agua. Más jabón. Más roces de piel contra piel hasta que, una vez más, él estuvo acariciándola muy cerca de la entrepierna, avivando su necesidad.

De repente, retiró las manos. Amber tuvo que contenerse para no gemir de desilusión al ver cómo él volvía a tomar el jabón y lo daba vueltas en las manos. Cuando estuvieron completamente llenas de espuma, volvió a centrar su atención en los muslos. En aquella ocasión, no paró.

Amber gimió cuando los pulgares de Kadar le rozaron los rizos de la entrepierna. No se detuvo ahí. Comenzó a realizar lentos círculos alrededor del vello mientras seguía masajeándole la parte interna de los muslos con los dedos. Poco a poco, los pulgares fueron bajando. Estaban muy cerca, pero sin llegar del todo, a la ardiente necesidad que estaba creando dentro de ella.

–Dios... –susurró ella–. Solo tenemos una noche.

Kadar se echó a reír. Sin embargo, algo debió de empujarle a hacer caso a las palabras de Amber porque los resbaladizos dedos se unieron al juego. Amber abrió los muslos con un largo suspiro. Las caricias de aquellos dedos eran como un valioso regalo.

Entre oleada y oleada de sensaciones, a Amber se le ocurrió que, si aquello eran los preliminares, llevaba muchos años perdiéndose la verdadera esencia del sexo.

Tenía los ojos entrecerrados, medio embriagada con las sensaciones, pero vio que él tomaba de nuevo agua con el cuenco y que se la vertía entre las piernas. Un chorro de agua chocó contra la sensible piel, arrastrando así el jabón.

Kadar sonrió. Amber pensó en lo guapo que era y lo contento que parecía estar consigo mismo tras haber conseguido que ella se relajara. Seguramente, por fin le haría el amor. Había resultado fantástico sentir los dedos, pero lo que ella quería de verdad era tenerlo dentro de ella, muy profundamente.

Sin embargo, no fue así. Kadar le colocó las manos debajo de las piernas y la hizo deslizarse hacia fuera del poyete. Entonces, bajó la cabeza. Amber se tensó y le sujetó la cabeza.

–¡No!

–¿Por qué?

Estuvo a punto de confesarle que Cameron nunca... pero entonces sintió la lengua contra la tierna carne de su feminidad y las sensaciones le impidieron seguir pensando. Fue eso o el golpe que se dio en la cabeza contra la pared de la ducha cuando él la volvió loca de deseo.

No sintió dolor. Solo placer. Nada podía apartarla del gozo creciente, de la magia que aquella lengua y aquellos labios le estaban dando. Incluso los dientes, mordisqueando suave, pero... oh, tan placenteramente. Los dedos jugaban en la entrada de su cuerpo mientras que los labios se ocupaban de la parte más sensible de su cuerpo. Entonces, los dedos encontraron su camino y ya no hubo vuelta atrás. El deseo se apoderó completamente de ella.

Kadar tiró del rostro de Amber hacia el suyo. Ella alcanzó el orgasmo, tensándose alrededor de los dedos y besando unos labios que sabían a él y a ella al mismo tiempo. Se aferró a él hasta que los temblores pasaron. De repente, se sintió culpable y torpe a la vez.

–Lo siento... Aparentemente no podía esperar.

–No tienes por qué sentirlo –comentó él riéndose.

Se apartó de ella y la animó a ponerse de pie.

–Creo que no puedo.

–No tienes que hacerlo.

Kadar le dio la vuelta y la hizo arrodillarse de espaldas a él sobre el amplio poyete de mármol. Amber lo hizo muy dispuesta y excitada. Su cuerpo aún vibraba de placer. Fuera lo que fuera lo que iba a ocurrir a continuación, era para él. Ella haría todo lo que pudiera para que Kadar disfrutara tanto como había gozado ella.

Una de las manos de Kadar le recorrió la espalda y la otra empezó a buscarle el centro de su feminidad. Sin poder evitarlo, Amber se arqueó al sentir sus caricias. Él gruñó como si fuera ella la que lo estaba torturando y, entonces, Amber sintió la presión de él allí mismo, donde habían estado los dedos, justamente donde más lo deseaba. Llevaba deseando aquel momento desde que él le ofreció una noche de placer.

Kadar le agarró las caderas. Amber se tensó, pero él se mantuvo inmóvil, esperando.

De repente, lanzó un gruñido ahogado y se apartó de

ella. Antes de que Amber pudiera darse la vuelta, él estaba de nuevo a su lado. Tenía un preservativo entre las manos y ya se lo estaba poniendo. Inmediatamente, volvió a agarrarle las caderas y se hundió en ella lenta y placenteramente.

Cuando lo sintió dentro de ella, Amber echó la cabeza hacia atrás. La unión era completa. Al notar que él se retiraba, trató de sujetarlo junto a ella, pero Kadar no tardó en volver a hundirse en ella, más profundamente en aquella ocasión si eso era posible. Una vez más. En ese momento, le soltó las caderas y le agarró los senos para estimularle los pezones. Amber gemía de deseo, con las manos apoyadas contra los azulejos. Lo único que podía sentir era placer.

¿Cómo era posible? Ciertamente debería ser imposible para una mujer que acababa de experimentar un orgasmo gracias a una hábil lengua y unos diestros labios volver a sentir cómo el deseo empezaba de nuevo a formarse dentro de ella.

No. No era imposible. No con aquel hombre.

Kadar se movía cada vez más rápido. Más fuerte. Su entrecortada respiración rebotaba contra los azulejos de las paredes. Colocó la boca en la garganta de Amber mientras le apretaba con fuerza los senos. Los muslos de ambos se golpeaban con fuerza. De repente, lo imposible comenzó a ocurrir. Por segunda vez en un día, Amber sintió que el deseo crecía dentro de ella. Lo único que deseaba era que él siguiera, que la llevara cada vez más alto, que le diera más.

Kadar le tocó el mismísimo centro de su feminidad y le dio más, mucho más. Con cada movimiento, con cada caricia, la llevaba aún más alto hasta que, de repente, no pudo aguantarlo más y se estrelló como una ola contra las rocas. Soltó un grito de placer que casi no reconoció como su voz. Kadar se tensó detrás de ella y Amber oyó otro grito, ronco y triunfante, al tiempo que él encontraba su propia liberación.

Se desmoronó encima de ella. La boca le cayó sobre el dulce punto de unión entre el cuello y el hombro. Su entrecortada respiración le abanicaba la acalorada piel. Tras darle un beso, se separó de ella y abrió el grifo de la ducha. En pocos segundos, la cabina se llenó de vapor. La ayudó a levantarse y la estrechó entre sus brazos mientras el agua caía sobre ambos.

Kadar no pronunció palabra, pero ella tampoco lo esperaba. Le bastaba con el silencio. Sentía las piernas muy débiles y tenía las rodillas doloridas. A pesar de que estaba agotada, nunca antes se había sentido tan viva sabiendo de lo que era capaz su cuerpo.

Entonces, levantó la cabeza hacia el chorro de la ducha y se juró a sí misma que nunca jamás volvería a conformarse. Nunca más después de saber lo que era posible.

Debería estar furioso consigo mismo. Nunca desde la adolescencia había estado tan cerca de tener relaciones sexuales con una mujer sin utilizar preservativo.

¿Qué demonios le había pasado?

Gracias a Dios que ella no parecía la clase de mujer a la que le gustaba hablar después del sexo. Abrió el grifo de la ducha y le entregó una toalla. ¿Y qué si se comportaba un poco bruscamente al dársela? Tenía cosas en las que pensar.

¿En qué había estado pensando? Un minuto antes había tenido por completo el control, dándole placer del modo que sabía que les gustaba a las mujeres y, al siguiente, había estado a punto de olvidarse de las reglas más básicas.

Afortunadamente, sus amigos, Zoltan, Bahir y Rashid, jamás lo sabrían. Les habría encantado enterarse. Lo habrían casado inmediatamente. Condenado. Era lo mismo en realidad.

Arrojó la toalla al suelo.

Solo había sido un error. Llevaba algún tiempo sin sexo y ver aquel cuerpo perfecto lo había vuelto loco momentáneamente. Eso era todo. No volvería a ocurrir.

–¿Tienes hambre? ¿Quieres algo de comer o beber? –le preguntó mientras ella se secaba el cabello con la toalla.

Amber se detuvo un instante y lo miró con sus hermosos ojos azules. Tenía el cabello revuelto y rizado alrededor del rostro.

«Medusa», pensó. La que tenía el poder de convertir a un hombre en piedra. Eso lo explicaba todo. Entonces, descartó aquel pensamiento por ridículo.

–Me vendría bien algo de beber. ¿Podría ser un café?

–Ponte cómoda en la cama. Volveré enseguida.

Se había hecho de noche mientras estaban en la ducha. El oscuro mar estaba iluminado con las luces de los barcos y el destello plateado de la luna.

Cuando regresó al dormitorio, Amber estaba en la cama con la sábana cubriéndole los senos. Sin embargo, no fue eso lo que le sorprendió. Fue el hecho de que ella estuviera allí. No estaba acostumbrado a tener mujeres en su cama. En raras ocasiones llevaba una mujer a su apartamento y nunca antes había pasado allí una de ellas la noche.

Sin embargo, Amber se iba a quedar hasta la mañana siguiente.

Por supuesto, aquello era tan solo porque debía vigilarla. Además, ella se marcharía temprano para unirse a su grupo de viaje. Por lo tanto, no estaba haciendo una excepción, sino tan solo adaptándose a las circunstancias. No significaba nada.

—Menudo servicio —dijo ella. Se sentó un poco más recta en la cama con mucho cuidado de no dejar al descubierto los senos.

Eso también era diferente. Las mujeres de Kadar no mostraban modestia alguna. Preferían dejar al descubierto sus encantos con la esperanza de que él cambiara de opinión sobre lo de tener una relación estable.

Kadar nunca cambiaría de opinión.

Le dejó sobre la mesilla una pequeña taza de café y un vaso de agua. Entonces, le ofreció una delicia turca.

—¡Ah, me encantan! —exclamó ella. Tomó un trozo y se lo metió en la boca para saborearlo con fruición.

—Lo sé. Te vi en el mercado probándolas. Aún recuerdo la cara que pusiste.

—Oh...

Ella giró la cabeza para tomarse el café, pero a Kadar le dio la impresión de que se había sonrojado. Sacudió la cabeza. Era una noche de primeras veces.

Amber se tomó el café sin mirarle. Kadar no pudo resistirse a la tentación de preguntar:

—¿Por qué saliste corriendo?

Amber giró la cabeza y Kadar comprobó que estaba en lo cierto. Ella se había sonrojado.

—¿Cómo dices?

—En el Bazar de las Especias. ¿Por qué saliste corriendo?

—No lo hice... Bueno, en realidad... Sé que podría parecer eso. Es que me asustaste un poco. Parecías tan...

—¿Tan qué?

—Intenso.

Kadar sonrió.

—Tienes una belleza única. Resulta difícil no mirarte.

Ella lo miró sorprendida y volvió a sonrojarse. Cuando Amber entreabrió los labios, Kadar sintió que la entrepierna volvía a cobrar vida.

–Estás haciéndolo de nuevo –susurró ella.

–Lo sé –dijo él. Le tomó la mano y se llevó el dorso contra los labios.

–¿Por eso lo hiciste? ¿Por eso te implicaste con lo que me pasó con el anciano que quería venderme las monedas?

Kadar se encogió de hombros y recordó lo a punto que había estado de meterse en el coche y de marcharse sin mirar atrás. Si no hubiera sido por la llegada de la policía, lo hubiera hecho. Sin embargo, jamás hubiese intercedido si no hubiera tenido otros motivos. Los encontró más tarde, cuando la *polis* quiso garantías de que ella no iba a volverse a meter en líos y a Kadar se le ocurrió la forma perfecta de conseguirlo.

–No me gusta ver cómo se aprovechan de la gente, en especial cuando no saben hablar el idioma.

–Entonces, tú estás en el Bazar de las Especias para evitar que timen a los turistas. Es muy noble de tu parte.

–Bueno, tal vez selecciono bien a quién quiero ayudar –comentó él con una sonrisa.

–¿Y por qué elegiste ayudarme a mí?

–Porque no hablas turco y estabas en desventaja.

–Entiendo.

Pronunció la palabra con desilusión, de la manera en que las mujeres suelen hacerlo cuando se les responde equivocadamente a una pregunta. Kadar no le debía nada y ya le estaba haciendo un favor. No tenía necesidad alguna de hacerle sentir bien. No obstante, le rodeó los hombros con un brazo y la estrechó con fuerza.

–Ya sabes por qué te elegí –susurró antes de darle

un beso. El sabor a café, a delicia turca y a mujer despertó de nuevo su cuerpo–. Porque te deseaba.

Ella abrió los ojos de par en par y entreabrió los labios cuando sintió que Kadar bajaba la sábana y le agarraba un seno entre los dedos.

–Porque sabía que estaría bien.

A Amber se le aceleró la respiración al sentir que la mano de Kadar seguía bajando, rozando las ligeras ondulaciones del vientre y de las caderas hasta llegar a la entrepierna. Contuvo el aliento cuando sintió que el pulgar de Kadar comenzaba a acariciar el centro de su feminidad mientras los dedos la encontraban lista y preparada.

Kadar agarró un preservativo y con un rápido movimiento la colocó a horcajadas encima de él. Se hundió en ella mientras lanzaba un fuerte suspiro.

–Y estaba en lo cierto.

Capítulo 6

LA NOCHE resultó demasiado breve. La mañana llegó demasiado pronto. Kadar observó desde la terraza cómo salía el sol. Vio cómo sus primeros rayos teñían el cielo de rosa por encima de las colinas y de los edificios que alineaban las orillas del Cuerno de Oro antes de que se liberara de la Tierra e iluminara aquel día invernal con su disco rojizo.

Demasiado pronto.

No había podido quedarse con ella en la cama. El deseo de tenerla entre sus brazos había sido demasiado fuerte.

Él no abrazaba a las mujeres por las mañanas. Aquello era totalmente nuevo para él. Resultaba incómodo, desconcertante.

Sin embargo, tampoco pasaba el tiempo con mujeres que no pestañeaban al ver sus cicatrices, que reconocían las quemaduras y que le preguntaban si quería hablar al respecto. Por supuesto, no tenía deseo alguno de hablar al respecto, pero no estaba acostumbrado a que se le preguntara.

Miró el reloj. Era hora de que ella se levantara. Se dio la vuelta para entrar en el apartamento y preparar café.

Lo mejor era que ella se marchara.

Amber se despertó sola. Al principio se sintió confusa, hasta que recordó dónde estaba y de quién era aquella cama.

Sin embargo, a su lado, el colchón estaba frío. ¿Se había cansado ya de ella? Suspiró.

Todo había terminado. Tomó su reloj y comprobó la hora que era. Aquel día se marchaba de Estambul para recorrer varios lugares turísticos con un grupo y se sentía muy emocionada al respecto. Era cierto, aunque su alegría se viera en cierto modo enturbiada ante el pensamiento de dejar atrás lo ocurrido aquella noche y el hombre con quien la había compartido.

La noche había supuesto una revelación tras otra. Parecía que no había nada que aquel hombre no pudiera hacer con su hábil boca, sus ágiles dedos y su...

Se echó a temblar, recordando lo que había experimentado al sentir cómo se deslizaba dentro y fuera de ella.

Todo ello constituía unos deliciosos recuerdos que podría atesorar para siempre. Recuerdos con los que, sin duda, deberían tener que competir sus futuros amantes. No estaba mal.

Además, el recorrido turístico era la razón por la que estaba allí, para seguir los pasos de la otra Amber y visitar los lugares que a ella tanto le habían fascinado. Si encontraba algo que vinculara a su trastatarabuela con Turquía en alguna parte, algo que pudiera explicar todos aquellos años perdidos, que probablemente se describían en las páginas del diario que habían sido arrancadas, sería maravilloso.

Se duchó y se vistió. Entonces, se recogió el cabello y reunió todas sus cosas. Había terminado ya cuando él entró con un café.

—¿Acaso tienes prisa por marcharte?

Amber sonrió. Kadar parecía enojado de que ella casi estuviera preparada. Sabía que no era así. Los placeres que habían compartido aquella noche no serían nada comparados con el de ver cómo ella se marchaba y, así, verse liberado de sus responsabilidades.

–Pensé que querrías verte libre de mí lo antes posible.

–No se te espera en el lugar de donde sale el autocar hasta las ocho.

–No me importa llegar allí más temprano. Sin duda, habrá otras personas esperando allí con las que yo pueda hablar. Me gustaría conocer a los que van a ser mis compañeros para los próximos días.

–Como desees –gruñó él. Entonces, se dirigió a la ducha.

Amber se tomó el café pensativamente. No había esperado que él tratara de convencerla para que no se marchara tan pronto y, por lo tanto, no se sintió desilusionada. Para él, solo había sido la distracción de una noche y, sin duda, querría librarse de ella lo antes posible y regresar a su vida de siempre.

La mañana era fría. Aunque ella protestó, Kadar insistió en invitarla a tomar yogur y calabacines fritos acompañados de un zumo de naranja recién exprimido y en comprarle algo de pan para el viaje. Amber se dijo que lo hacía por sentido del deber. Se había divertido con ella y ya solo le preocupaba cumplir con lo prometido.

–Gracias –dijo ella mientras salían a la calle.

–Solo ha sido un desayuno ligero –respondió él encogiéndose de hombros.

–No, quiero darte las gracias por lo de anoche. Por todo.

–Fue un placer para mí.

–No. Yo más bien creo que el placer fue mío.

Kadar sonrió y le ofreció el brazo. Un último gesto. Un último contacto. Ella lo aceptó.

Echaría de menos a Kadar. Él la había rescatado y, además, le había enseñado que había un mundo entero de experiencias sexuales que ella desconocía. Hasta aquel momento se había conformado tan solo con la mediocridad.

Había mucha gente reunida frente a la oficina en la que se suponía que ella debía reunirse con su grupo de viaje. Miró el reloj. Faltaban solo unos minutos para las ocho.

–Ya deberían haber abierto.

Kadar entornó la mirada. Alguien estaba gritando. Una mujer estaba llorando. Un joven golpeaba la puerta con el puño. Vieron a un hombre turco de pie, cerca de donde llegaron ellos. Kadar le preguntó en su idioma qué era lo que ocurría.

El hombre aspiró profundamente del cigarrillo que estaba fumando e indicó un cartel que había colgado en la puerta, prácticamente oculto entre los pósteres de Éfeso y Pamukkale.

–¿Qué es lo que dice? –le preguntó Amber mientras él se erguía por encima de las cabezas de los demás para leer el cartel.

–El tour se ha cancelado. La empresa ofrece sus más sinceras disculpas a sus clientes, pero no puede seguir con el negocio. Por tanto, tu viaje, y el resto de los viajes, están cancelados.

–¿Cancelado? ¿Cómo puede estar cancelado? ¿Y mi dinero? Ya lo tengo pagado.

–¿Tienes seguro de viaje? –le preguntó Kadar.

–Por supuesto, pero...

–En ese caso, tienes que ponerte en contacto inmediatamente con tu aseguradora.

–¿Y el tour? He pagado ocho días de recorridos y alojamiento. ¿Qué voy a hacer ahora? –preguntó ella. Levantó el rostro buscando respuestas y entonces sacudió la cabeza al recordar lo que Kadar estaba haciendo allí–. Se me había olvidado. No es tu problema. Es mejor que te vayas. Estoy segura de que alguien lo solucionará.

–No voy a marcharme.

–No tienes por qué quedarte.

–No voy a dejarte aquí con la vaga esperanza de que alguien solucione este problema. Lo más probable es que esto se quede igual y tengas que buscarte un plan alternativo.

Amber sintió un pequeño halo de esperanza. Tal vez había sentido algo por ella después de su noche de placer. Tal vez no tenía tantas ganas de librarse de ella.

–Gracias. Es muy amable de tu parte –repuso ella con una sonrisa.

–No es amabilidad. Le dije a la *polis* que sería responsable de ti mientras estuvieras en Estambul. Mientras sigas aquí, sea por la razón que sea, sigues siendo responsabilidad mía.

Aquellas palabras fueron como si le hubiera echado un cubo de agua fría por la cabeza.

–Deber –le espetó ella.

–Deber –afirmó él–, pero, como tú misma has visto, el deber y el placer no tienen por qué ser excluyentes.

Amber sacudió la cabeza. No estaba segura de que aquello fuera buena idea. Habían acordado que compartirían una noche. Tras una noche, Amber podría marcharse sin apenas remordimiento alguno, sabiendo que tenía que ser así. Sin embargo, si se quedaba más tiempo en compañía de Kadar, en su cama... Resultaba evidente que ni lo decía en serio ni lo deseaba.

–No. No hay necesidad. Estoy segura de que alguien vendrá enseguida para solucionarlo.

–De eso nada. Dejaremos tus datos de contacto a alguien del grupo. Si se soluciona algo, te lo comunicarán. Mientras tanto, te vendrás conmigo.

–No. No voy a marcharme contigo.

–¿Y si le digo a la *polis* que te has negado a cooperar y deciden presentar cargos contra ti después de todo?

–No te atreverías.

–Soy responsable de ti. Si decides que quieres ir sola, no me quedará más remedio que decírselo. Si te vuelves a meter en un lío, no quiero que me culpen por no hacer lo que prometí.

–Te aseguro que no voy a volver a meterme en líos.

–¿Y cómo lo sé yo?

–Porque yo te lo aseguro.

–También me dijiste que tenías la intención de comprar esas monedas. Es un acto ilegal. ¿Comprendes ahora por qué no puedo dejarte sola?

–¡Vete al infierno!

–Estoy seguro de que podría organizarse, pero puedes tener la certeza de que, si allí es donde voy yo, tú me acompañarás.

Amber hizo un gesto de desesperación con los ojos y se percató de que una mujer los estaba observando.

–Es mi tío –explicó Amber–. Está casado con la hermana de mi madre y cree que es el dueño del mundo.

–Y ella es mi recalcitrante sobrina –repuso Kadar–. Si apareciera un autocar ahora mismo, la metería en él sin pensármelo.

–Pues no estaría mal –replicó la mujer, que hablaba con acento canadiense–. Sería un castigo bastante razonable –añadió señalando a los demás miembros del grupo–. Estoy empezando a pensar que puede que me hayan salvado de unos compañeros salidos del mismísimo infierno –agregó. Entonces, agarró el brazo de Amber–. Cielo, sigue mi consejo y vete con tu tío. Cualquier cosa es mejor que tener que estar con todos estos. Preferiría estar contando mi dinero, pero creo que estoy dándome con un canto en los dientes a pesar de haberlo perdido.

–Deberías escuchar a esta señora –le dijo Kadar–. Tiene mucha razón.

–Gracias, tío Kadar. Me parece que, en estos momentos, no tengo mucha elección.

–No. No la tienes –le dijo. Entonces, escribió un número de teléfono en un papel y le pidió a la mujer canadiense que llamara si se enteraba de algo. Luego, agarró a Amber por el brazo–. ¿Nos vamos?

¿Qué opción tenía?

–En realidad, no es mi tío –le dijo Amber a la mujer por encima del hombro mientras se marchaban.

–Lo sé –respondió la mujer con una sonrisa–. Menuda suerte tienes.

Amber no se sentía afortunada. Su tour había sido cancelado y, a menos que recibiera ayuda de emergencia de su aseguradora, se quedaría sin gran parte del dinero del viaje. Además, se sentía prisionera de Kadar. En la cama podría resultar maravilloso, pero en la vida había muchas cosas más importantes que el sexo, por espectacular que este fuera.

¿O no?

–¿Adónde vamos? –le preguntó ella cuando giraron a la derecha en vez de a la izquierda, tal y como había esperado.

–A visitar a un amigo.

–Tengo que llamar a mi compañía de seguros.

–Puede esperar media hora, ¿no?

Ella se lamió los labios. Acababa de ocurrírsele una idea.

–¿Y tengo que acompañarte? ¿Por qué no puedo regresar a tu apartamento y empezar a tratar de solucionar mi problema? Cuanto antes se lo notifique, mejor.

Kadar lo pensó durante un instante. Había prometido que iría a ver a Mehmet y ya lo había pospuesto una vez por aquella mujer. Había esperado porque se había imaginado que, a aquellas alturas, ya se habría librado de ella. Preferiría ir a ver a su amigo sin tener que llevar a aquella mujer. A pesar de que fuera casi ciego, Mehmet tenía por costumbre imaginarse cosas que no existían. Tenía que admitir que la oferta resultaba tentadora.

–¿Te acuerdas de dónde está el apartamento?

–Por supuesto. No está lejos –dijo ella señalando la calle de la izquierda, justo por donde ella había esperado ir–. A la derecha en la siguiente bocacalle y luego a la izquierda en la tienda de alfombras.

–De acuerdo –repuso él sacándose las llaves del bolsillo–. En ese caso, me reuniré contigo allí más tarde.

Amber tomó la llave y se dio la vuelta para marcharse. Entonces, tuvo que detenerse en seco cuando él le agarró la mochila.

–Pero me quedaré con esto. Así no tendrás que cargar con ella.

Ella palideció. Miró la mochila y lo miró a él. Tras unos segundos de duda, pareció tomar una decisión.

–Está bien –susurró. Entonces, se quitó la mochila de los hombros.

–Ah –añadió él. Le había resultado demasiado fácil–. Y tu pasaporte. Me lo llevaré también.

–¿Y por qué te tienes que llevar mi pasaporte? –le espetó ella.

–Si solo vas a regresar a mi apartamento, no es probable que vayas a necesitarlo.

–¿Acaso no confías en tu propia sobrina, tío Kadar?

–Eso es precisamente, sobrina –repuso él. Se colgó la mochila en el hombro y le arrebató la llave a Amber–. No confío en ti.

Mehmet vivía en un apartamento de la planta baja situado detrás del hueco del ascensor de un edificio del siglo XIX. Si el ruido del ascensor le molestaba, nunca se había quejado al respecto. Kadar sospechaba que le gustaba escuchar las idas y venidas de sus vecinos, aunque no pudiera ver mucho de ellos.

Tenía los dátiles que le había comprado en el Bazar de las Especias en el bolsillo. El problema era que le acompañaba una visitante algo enojada y poco dispuesta.

–Mehmet es viejo y está casi ciego –le dijo–. Puede que no se dirija a ti en inglés, aunque lo habla y lo comprende perfectamente.

–No pasa nada. No diré nada.

–Él notará tu presencia aunque no digas nada. Ve más ciego de lo que muchas personas son capaces de ver con los ojos. Sentirá curiosidad por saber por qué estás conmigo. Le diré la verdad.

–Puedes decirle lo que quieras. A mí no me importa.

–En ese caso, le diré que pasamos una noche de pasión desatada en mi cama y que por la mañana me suplicaste que no te dejara marchar.

–En tus sueños –bufó ella–. Si es capaz de ver tanto, sabrá que es mentira.

Kadar se detuvo a medio camino del vestíbulo y se volvió para mirarla.

–¿De dónde te sale tanta bravuconería? Sexualmente tienes muy poca experiencia, por lo que no se podría decir que eres muy mundana. Te sobresaltas con la mirada de un desconocido y, sin embargo, tienes una vena desafiante que parece salir de la nada.

Ni ella misma lo sabía. Tal vez después de jugar sobre seguro toda su vida y del desastre que había supuesto Cameron, ver cómo un desconocido insistía en darle órdenes le había llevado a darse cuenta de lo que de verdad quería.

–Tal vez simplemente estoy harta de recibir órdenes.

Kadar le colocó los dedos bajo la barbilla y se la levantó aún más. Amber parecía enviarle dardos envenenados con la mirada.

–Guárdate la pasión para la cama. Tal vez nos veamos obligados a disfrutar el uno de la compañía del otro durante más tiempo del que deseamos los dos, pero no por eso hay que desperdiciar las noches.

Le soltó la barbilla y se dirigió a la puerta que había al otro lado del ascensor. Amber se quedó parada unos segundos. Más que una amenaza, las palabras de Kadar habían sido una promesa. ¿Cómo era posible que hubiera sido capaz de transformar la ira de Amber tan fácilmente en pasión?

Lo maldijo. No la controlaría tan fácilmente. No se lo permitiría. Tal vez no fuera Cameron, pero estaba harta de los hombres que esperaban que ella se adaptara sin rechistar a sus deseos.

Cuando llegó a su lado, él estaba sujetando la puerta para que pudiera pasar a un pequeño apartamento.

–Creo que te odio –le espetó.

–Bien. Cuento con ello.

No era mentira. Kadar necesitaba que ella lo odiara. Podrían disfrutar del sexo a lo largo de los siguientes días, pero si ella lo odiaba no habría nada más. No podría haber nada más.

Oyó el golpeteo impaciente de un bastón sobre el suelo. Mehmet, a quien ya le había anunciado su presencia, le preguntó quién lo acompañaba.

—Una amiga —dijo él en turco—. Alguien a quien tengo que cuidar hasta que se pueda reunir con su grupo de viaje.

El anciano sonrió.

—Nunca antes habías traído a una amiga de visita, Kadar.

—Te aseguro que no es esa clase de amiga.

—Y, sin embargo, aquí está. ¿Dónde?

Kadar le indicó a Amber que se acercara.

—Quiere conocerte.

—¿A mí?

—Es un anciano. Hazlo por educación.

—Tal vez sea ciego, mi joven amigo —comentó el hombre con una sonrisa desdentada—, pero no estoy sordo.

Amber cruzó la pequeña sala. Apenas era lo suficientemente grande como para contener unas pocas sillas alrededor de una alfombra turca algo deslucida, que era probablemente tan antigua como el hombre que se hallaba sentado sobre una de las sillas, si no más.

Era muy anciano y estaba muy arrugado. La piel de sus manos parecía cuero. Estaba vestido con una túnica de terciopelo rojo oscuro bordada de oro. Sobre las piernas tenía una manta ricamente bordada en tonos naranja y azul.

—Me llamo Amber, Mehmet. Amber Jones.

El anciano se tensó. Frunció el ceño y las arrugas de su rostro se profundizaron aún más.

–Amber es un nombre poco frecuente –dijo en un inglés muy formal.

–Es el nombre de una antepasada.

–¿Eres australiana?

–Sí, pero mi madre y mi abuela eran inglesas.

–Acércate –le ordenó el anciano.

Amber miró a Kadar y él le dedicó una mirada con la que parecía decirle que ya se lo había advertido. Ella se acercó. Mehmet extendió las manos, por lo que ella se agachó para que el anciano pudiera tocarle la cabeza y el rostro. Tenía unos dedos arrugados, de uñas duras y de piel rugosa. Sin embargo, el tacto era delicado. Recorrió lentamente sus rasgos, la frente, la línea de la mandíbula y la barbilla. Por último, hizo lo propio con la nariz y los labios.

Cuando terminó, le dijo algo a Kadar en turco. Él le replicó algo. Aunque Amber tampoco pudo entender las palabras, sí comprendió el significado. Se trataba de una negación.

Mehmet le respondió inmediatamente y Kadar volvió a replicar, más enfáticamente en aquella ocasión.

Amber los miró a ambos y sintió un escalofrío. De una cosa estaba segura: no estaban hablando del tiempo.

–¿Qué ha dicho?

–Nada –respondió Kadar–. Le he dicho que es la primera vez que vienes a Estambul. Nada más.

¿Nada más? ¿Y por qué iba a tener que decir algo así? Miró entonces a Mehmet.

–¿Mehmet?

–Perdona a un viejo. Es grosero hablar en un idioma que alguien no comprende. ¿Eres una ladrona, tal y como dice Kadar?

–¿Cómo? –replicó ella. Entonces, se giró para fulminar con la mirada a Kadar–. No. No soy una ladrona.

–Te creo –dijo el anciano–. ¿Y qué vas a hacer ahora que no hay tour?

–No lo sé. Espero poder encontrar otra cosa.

–Haz que Kadar te lleve al Pabellón de la Luna. Insisto.

–No quiero ser un problema para nadie.

–De eso nada –bufó el anciano–. Kadar tiene negocios cerca de allí. No supone problema alguno.

–Me alegro de que te lo parezca, Mehmet –comentó Kadar.

–Ojalá pudiera ir con vosotros. Hace ya mucho tiempo. Ahora, Amber Jones, dame la mano –le pidió. Ella colocó una mano sobre la del anciano y él la cubrió con la otra–. Cuida de Kadar –añadió–. Es un buen hombre, pero lleva demasiado tiempo caminando solo.

–¡Mehmet! –protestó él.

–Por supuesto que no será fácil –prosiguió el anciano–. Él no te lo pondrá fácil. Tendrás que ser fuerte.

–Mehmet –dijo Kadar. A continuación, comenzó a hablar en turco. Parecía muy serio.

–¿Ves? Ya te lo he dicho. No te lo pondrá fácil. ¿Podrás ser fuerte?

Amber sonrió.

–Me gusta que te preocupes por tu amigo, Mehmet, pero yo soy solo una turista. No puedo quedarme. Tengo que irme a casa.

Mehmet negó con la cabeza.

–En ocasiones, lo que tenemos que hacer y lo que hacemos no son la misma cosa. A veces, el camino no está tan claro como pensamos.

–Ya basta, Mehmet –repitió Kadar con voz enojada–. Es hora de que nos marchemos.

–¿Tan pronto? Ah, creo que he asustado a mi joven amigo –dijo apretando afectuosamente la mano de Amber–. Amber... un nombre tan poco común y, sin embargo, tan familiar. Gracias por venir y alegrarle el día a un anciano. ¿Querrás volver a visitarme?

–¿Le dijiste que era una ladrona?

Ninguno de los dos había dicho nada después de despedirse de Mehmet. Estaban ya a medio camino del apartamento, los dos con las manos metidas en los bolsillos, cuando Amber ya no pudo aguantar más.

–¿Por qué le dijiste eso?

–Porque estaba diciendo tonterías. Inventándose historias. Tuve que demostrarle lo equivocado que estaba.

–¿Diciéndole que yo era una ladrona?

–¿No es esa la razón por la que la *polis* te llevó a comisaría?

–No me acusaron de nada.

–Solo porque yo intercedí.

–No soy una ladrona.

–Además, trataste de huir.

–Solo para alejarme de ti.

–No vas a poder alejarme de ti, al menos mientras sea responsable de tus actos.

–Mira, esto no tiene sentido. No hay necesidad alguna de que ejerzas de niñera conmigo. No pienso volver a meterme en líos.

–Por supuesto que no, mientras estés bajo mi tutela. ¿Adónde creías exactamente que ibas a poder huir? ¿A ese hostal lleno de pulgas?

–¡No estaba tan mal!

–¿No?

Amber tuvo que guardar silencio. En realidad, tampoco estaba tan bien. Tal vez había sido una locura pensar que podía salir huyendo o que tenía algún sitio al que poder escaparse. Sin embargo, ella jamás había participado del acuerdo que Kadar selló con los policías, por lo que ese era su problema. Había pasado una noche con él, pero no iba a permitir que él estuviera mirando por encima de su hombro para vigilar todos sus movimientos, esperando a que ella infringiera alguna ley durante el resto de su viaje. Kadar era demasiado intenso. Demasiado seguro de sí mismo. Aunque fuera el mejor amante que hubiera conocido nunca.

Había otra razón por la que debía alejarse de él lo más rápidamente que pudiera. Demasiadas noches de pasión como la anterior harían que una mujer no quisiera regresar a casa. Una mujer podría empezar a querer quedarse allí. Podría terminar consiguiendo que la echaran.

Amber no quería ser esa chica.

Quería marcar una línea entre la aventura de una noche que habían disfrutado y marcharse de allí mientras aún pudiera hacerlo.

—Pues a mí me lo pareció.

Amber recapituló sus pensamientos para ver de qué estaba hablando él y dedujo que aún seguía pensando en el hostal.

—No me importa tu opinión. Y eso no significa que yo sea una ladrona.

—Si te sirve de consuelo, Mehmet te cree. Creo que mi amigo está perdiendo la cabeza.

—Pues a mí me ha parecido muy lúcido. Se preocupa por ti, eso es todo.

—Sería mejor que se preocupara por sí mismo.

—Entonces, ¿por qué nunca te has casado? ¿Es por las cicatrices?

—¿Y a ti qué te importa? —le espetó él.

—Debías de ser muy joven cuando ocurrió.

Kadar sacudió la cabeza. Tal vez hubiera sido mejor para todos que hubiera permitido que ella se marchara.

–¿Por qué dejaste que te tocara el rostro?

–¿Cómo dices? –le preguntó ella, confusa por el repentino cambio de tema.

–Para la mayoría de la gente, sobre todo para los anglosajones, que un extraño ocupe su espacio personal puede resultar, cuando menos, incómodo. Incluso repulsivo. Sin embargo, tú permitiste que Mehmet te tocara el rostro sin dudarlo.

–Es ciego. ¿Cómo si no iba a poder verme?

–¿Y cómo sabes tú eso?

–Porque forma parte de mi trabajo saber esas cosas.

–¿Por qué? ¿A qué te dedicas?

Ella sonrió y se negó a responder.

–¿Y bien? –insistió Kadar.

–¿Y a ti qué te importa? –replicó ella mirándole a los ojos.

–¿Cómo dices?

–Bueno, seguramente estarás de acuerdo conmigo en que hay que medir con la misma vara a todo el mundo. ¿Por qué debería yo decirte nada?

–No es lo mismo –Kadar suspiró.

–Entiendo que lo consideres así. Quieres saber las respuestas a tus preguntas, pero tú no quieres dar respuestas a las mías.

–No me refería a eso.

–No. En ese caso, lo que querías decir es que tus preguntas son de algún modo más importantes que las mías. Bueno, pues perdóname si no estoy de acuerdo.

–Eres una mujer desquiciante.

–Gracias –dijo ella con una sonrisa.

–No te lo decía como un cumplido.

–Pero yo sí que me lo he tomado como tal. Ya me

dirás cuándo te has hartado de desquiciamientos y yo, de buen grado, te dejaré en paz.

–Sabes que eso no es posible, a menos que ocurra un milagro y tu agencia de viajes vuelva a abrir de repente.

–¿Existe alguna posibilidad de eso?

–Por eso he hablado de un milagro. Hasta entonces, parece que te tendrás que quedar conmigo y yo contigo.

–Qué suerte tenemos –dijo ella sin entusiasmo alguno.

Kadar apretó los dientes antes de responder.

–Yo no diría exactamente que se trata de suerte.

Capítulo 7

AMBER era más que desquiciante. Resultaba exasperante. Cualquier persona diría que se sentiría agradecida por no haberse quedado en la calle sin ningún sitio al que ir y sin un techo bajo el que refugiarse. Cualquier persona diría que, al menos, mostraría un poco de gratitud.

No.

Dejó que ella entrara primero en el apartamento. Observó el contoneo de sus caderas al andar y le dedicó un adjetivo más.

«Enloquecedora».

Debía de estar completamente loco para haberse implicado con ella de aquella manera. Sin embargo, aquellos vaqueros rojos y los ojos azules, unidos a una sonrisa que pareció iluminar por completo el bazar... Sí, era una especie de locura. No podía haber otra razón.

Desgraciadamente, a menos que su compañía de seguros hiciera algo rápidamente, lo que dudaba, tendría que quedarse con los vaqueros rojos, los ojos azules y la eléctrica sonrisa.

Tendría que tenerla en su cama todas las noches y despertarse a su lado todos los días.

Era una locura.

No había hecho eso nunca con ninguna mujer.

Observó cómo ella dejaba la mochila en el suelo y se quitaba la cazadora. Le gustaba el modo en el que el jersey se le ceñía a los senos, tal y como él quería hacer.

Tal vez no estaba tan mal. La noche anterior había sido demasiado breve y solo sería por unas cuantas noches más.

Unas cuantas noches y él estaría encantado de dejarla marchar. Unas cuantas noches no le causarían ningún problema. Ella era una turista. Tenía reservado el vuelo de regreso. Seguía siendo algo temporal, aunque no tanto como había pensado en un principio.

Tal vez no era perfecto, pero al menos no sería una completa pérdida de tiempo.

Amber no recibió buenas noticias cuando llamó a la línea de emergencias de la compañía de seguros desde el dormitorio de Kadar. Más bien al contrario.

Se quedó sentada en el borde de la cama tras colgar el teléfono tratando de contener las ganas de llorar. Había pensado que la compañía de seguros le ofrecería alguna ayuda de emergencia tal y como constaba en su póliza. Tal vez algo de dinero para salir adelante. Tal vez incluso ayuda para poder encontrar una agencia de viajes alternativa que podría darle crédito hasta que la compañía de seguros le devolviera la compensación.

Desgraciadamente, ni siquiera habría compensación porque la agencia con la que había reservado su viaje había perdido la acreditación y ya no se la reconocía como tal. Por lo tanto, no estaba cubierta por los términos de su póliza de seguros. Ello significaba que había perdido su dinero y que no habría compensación alguna. No podría realizar su recorrido, ni siquiera regresar anticipadamente a casa.

Eso solo significaba una cosa. Kadar no la perdería de vista hasta que tomara el vuelo de regreso a casa.

A menos que...

Kadar estaba hablando por su teléfono móvil cuando Amber entró en el salón. Inmediatamente la miró.

—¿Y bien?

Ella se lamió los labios y sonrió débilmente. Sabía que probablemente era una locura lo que le iba a proponer, pero había una posibilidad porque resolvería los problemas de ambos.

—¿Crees que podrías prestarme dos mil dólares estadounidenses?

Kadar parpadeó.

—¿La compañía de seguros no te ha ofrecido ningún tipo de ayuda?

—La agencia de viajes perdió la acreditación hace seis meses.

—Entonces, ¿no se puede hacer nada?

—No se puede hacer nada. Por eso, había pensado que tal vez me pudieras prestar algo de dinero para que yo pueda apuntarme a otro recorrido. Estamos en temporada baja, por lo que no creo que tenga problemas para encontrar sitio en alguno. Me podrías perder de vista mañana mismo.

—¿Y esa es tu solución?

—Resolvería muchos problemas para ambos. Tú me perderías de vista y yo vería parte de la Turquía que he venido a visitar.

—Cuando te conocí, estabas a punto de cometer un acto criminal. Después, tu agencia de viajes cae en bancarrota y ahora deseas que yo te preste dinero para que puedas marcharte. Y, si eso tampoco sale bien, ¿entonces qué? ¿No te das cuenta de por qué no me siento tentado por tu propuesta?

–Fue un error. ¡Un accidente! Yo no tengo nada que ver con el hecho de que una empresa caiga en la bancarrota.

–Sería un riesgo para alguien que parece tan proclive a los accidentes. No. Se me ocurre una idea mejor. Puedes venir conmigo. Te enseñaré cosas de Estambul y de Turquía que no están en las guías turísticas. No tendrás necesidad de preocuparte de viajes organizados ni de posibles problemas con las autoridades. Yo, por mi parte, me aseguraré de que estás en el aeropuerto para regresar a casa.

–¿Y harías todo eso por un exagerado sentido de la responsabilidad?

–Como ya te he dicho antes, me tomo muy en serio mis responsabilidades.

–¿Y tú no sacas nada de todo esto?

–Bueno, tendré la compañía de una mujer muy hermosa, aunque algo antagónica, durante algunos días.

–Y algunas noches.

–Como tú digas –dijo él con una sonrisa.

–Entonces, ¿es así como se supone que tengo que pagar tu ayuda? ¿Tumbada?

–Lo has dicho tú, no yo.

–No. Tú prefieres hablar del deber y del placer. Ciertamente es lo mismo.

–Tal vez para ti lo sea. Yo no voy a permanecer aquí, mintiendo y fingiendo que la perspectiva de tenerte en mi cama no me apetece. ¿Es que no puedes ser sincera? ¿Acaso vas a fingir que no disfrutaste con lo ocurrido anoche y que no te excita la perspectiva de volver a estar desnuda conmigo?

–No se trata de eso.

–¿No? ¿De qué se trata entonces? Porque lo que esa boca tan locuaz me está haciendo en estos momentos es desear callarla y volver a poseerte de nuevo aquí y ahora.

Amber miró escandalizada hacia las ventanas, donde los barcos y los petroleros ocupaban el mar de Mármara. Si ella podía verlos a ellos...

–¡Pero si estamos a plena luz del día!

–Me haces desear desnudarte y llevarte a la ventana para que podamos ver cómo pasan los barcos mientras yo me hundo en tu cuerpo. ¿Te excita eso?

–Estás loco.

Sin embargo, la voz de Amber había perdido la convicción porque él tenía razón. Se sentía muy excitada. Los sentidos le ardían, sentía los pechos sensibles y pesados y tenía una intensa palpitación entre los muslos.

–Lo sé. ¿Te gustaría unirte a mí en mi locura?

Debió de ser la voz de otra persona la que dijo «sí» porque Amber ciertamente no la reconoció como suya. Era susurrante, ronca. Kadar respondió con un gruñido que le vibró por todo el cuerpo.

La desnudó lentamente. Se tomó su tiempo para adorar cada parte de la piel que dejaba al descubierto. Los hombros, los codos, los senos... Después, le quitó los zapatos y los vaqueros, apretando los labios en la parte posterior de las rodillas, en los tobillos y en el interior de los muslos. Amber temblaba de placer al sentir los besos. Kadar la torturaba con la lengua y los dedos, poniéndole la piel de gallina, hasta que cada parte de su cuerpo vibraba con un único propósito y una única necesidad.

Entonces, hizo que se diera la vuelta y la colocó contra la ventana. Amber se apoyó en ella sobre los codos.

–Mira los barcos –susurró Kadar mientras le acariciaba los costados, el trasero y la entrepierna, descubriendo que estaba preparada y ansiosa.

Lanzó un gruñido y Amber escuchó cómo se bajaba la bragueta y rasgaba el envoltorio de un preservativo.

—Cuéntalos —le ordenó con voz ronca.

—¿Qué?

—Que los cuentes en voz alta. Cuenta los barcos.

Amber empezó a contar.

—Uno, dos, tres...

Sintió la punta de él entre los muslos, justo a la entrada de su cuerpo. Contuvo la respiración.

—Sigue contando.

—Cuatro, cinco... —prosiguió ella, colocando las caderas al mismo tiempo en el ángulo adecuado—. Seis...

Sintió que Kadar se deslizaba dentro de ella hasta que la llenó por completo. Las palabras le fallaron. Los números también. Toda su energía se concentraba en tratar de sujetarlo dentro de sí tras sentir que él se retiraba. Cerró los ojos porque no tenía energía alguna para ver. Solo para sentir.

—¡Cuenta!

—Seis... —murmuró ella mientras Kadar volvía a hundirse en su cuerpo. Abrió los ojos—. No. Siete, ocho...

Dios...

El ritmo se incrementó. Los barcos iban y venían y ella perdió la cuenta de los que había numerado. De hecho, se olvidó hasta de los números. Le resultaba imposible recordar qué numero iba a continuación cuando tan solo era capaz de sentir.

Sensación tras sensación acrecentándose dentro de ella... De repente, Kadar gritó a sus espaldas y con un impetuoso envite la hizo alcanzar la cima del placer, estallando en mil pedazos hasta que los trozos de su alma relucieron como el sol sobre el mar azul.

Mientras volvía a la tierra, tras empañar con su aliento el cristal de la ventana, pensó que tal vez se dejaba llevar demasiado fácilmente por los placeres de la carne, pero podía haber peores maneras de pasar los días y las noches. Podía haber formas mucho peores de pasar el tiempo que siendo la cautiva de Kadar.

Él cumplió la promesa de enseñarle Estambul. La llevó al palacio de Topkapi, el viejo palacio otomano y también al palacio de Dolmabahçe, en el lado europeo del Bósforo. Amber se sintió fascinada por todo lo que vio y escuchó con avidez los detalles de la historia que les contaban los guías que él había contratado. Admiró los hermosos mosaicos del palacio antiguo y las magníficas arañas de cristal del nuevo. Como la mayoría de los visitantes, se mostró interesada por todos los detalles relacionados con el harén, pero donde permaneció más tiempo fue en las vitrinas.

Se sentía como una urraca. Le gustaban las cosas bonitas y pasó mucho tiempo admirando los objetos expuestos en la sala del tesoro del palacio de Topkapi y también en el de Dolmabahçe. Examinaba los broches y las joyas con el ceño ligeramente fruncido.

–¿Qué estás buscando? –le preguntó Kadar en una ocasión.

–Nada –se apresuró a decir ella–. Es que es todo tan hermoso...

Kadar no se quedó convencido con su respuesta. Ya había demostrado que le gustaban mucho los recuerdos y que tenía poco conocimiento o poco respeto por las leyes contra la exportación de antigüedades. Quería pensar que no sería tan estúpida como para creer que podría llevarse algo así a su casa, pero, dado lo poco que conocía de ella y de sus motivaciones, no podía estar seguro. Teniendo en cuenta el interés que mostraba, era un alivio que todo estuviera metido en una vitrina con alarmas antirrobo.

–Estoy seguro de que en el museo venden algunas réplicas si hay algo que te guste mucho.

–Echaré un vistazo –repuso ella muy secamente.

Tardaron horas en visitar los dos palacios, por lo que la noche ya se acercaba y con ella los chubascos. Por suerte, Kadar y Amber no tuvieron que esperar que un autocar les llevara a su hotel, como les pasaba al resto de los turistas. El chófer de Kadar llegó un segundo después de que salieran de las verjas de palacio. Como Amber estaba muy cansada, agradeció que el coche de Kadar los llevara al apartamento de él, aunque era incapaz de dejar de pensar.

Su trastatarabuela cumplió veinte años y se marchó de casa en busca de aventuras en 1856, el mismo año que se terminó el palacio de Dolmabahçe. Después, desapareció de la faz de la Tierra sin explicación alguna durante cinco años.

¿Qué le ocurrió en ese tiempo en un país extranjero tan lejos del suyo? ¿Había formado parte del harén como pensaba en silencio la familia? ¿Habían visto sus ojos alguna de las maravillas que su descendiente había visto cinco generaciones más tarde?

Resultaba increíble pensar que hubiera sido así. Un siglo y medio no significaba nada en aquellos lugares históricos.

–Estás muy pensativa.

–Ha sido un día fabuloso. Gracias –dijo ella con una sonrisa.

–Pareces haberte quedado muy impresionada con las joyas.

La burbuja de gratitud que ella había estado sintiendo se explotó en aquel mismo instante. Había algo tácito en las palabras de Kadar que no le gustaba. Una advertencia.

En realidad, no podía dejar de pensar en las joyas. Ni en su pulsera en particular. Jamás había visto joyas o tesoros que le recordaran tanto al estilo de su pulsera. Se había imaginado que debía de ser barata porque tenía tantos colores juntos en la misma pieza. Sin embargo, gran parte de lo que había visto aquel día tenía un gran parecido. Gemas de diferentes colores una junto a la otra, todas ellas hermosas por pleno derecho, pero que juntas suponían una ostentosa exhibición de riqueza.

Por supuesto, eso no significaba que no fuera más que una réplica barata que su antepasada había comprado en un bazar. En realidad, cuanto más lo pensaba, más sensata le parecía esa opción. Resultaba ridículo pensar que algo de mucho valor hubiera estado envuelto en un trapo junto con lo que quedaba del diario de su trastatarabuela en la buhardilla de la casa de su abuela en un pequeño pueblo de Hertfordshire.

–¿Y quién no se habría quedado impresionada? Es una exposición espectacular.

–Es cierto. Turquía está muy orgullosa de su patrimonio.

Otro mensaje. ¿Otra advertencia velada? Amber no estaba segura.

Durante un instante, pensó en hablarle de su intrépida trastatarabuela y del diario y de la pulsera que había encontrado, en contarle que ella se había atrevido a ir a Turquía inspirada por las aventuras de su antepasada. ¿La creería Kadar? Lo dudaba, dado que parecía más inclinado a pensar siempre lo peor de ella.

Ya creía que era una ladrona. Si le contaba lo de la pulsera y esta resultaba ser algo más que una baratija, Kadar pensaría que la había robado. Dado que era antigua, aunque fuera bisutería, seguramente valdría algo, incluso como artículo de coleccionista.

Era mejor que se ahorrara dar explicaciones.

—Turquía tiene todo el derecho a estar orgullosa de su patrimonio —dijo.

Kadar se volvió para mirarla como si ella no le hubiera dicho lo que estaba buscando. Entonces, Amber decidió preguntarle lo que llevaba deseando saber desde la visita que realizaron a Mehmet.

—Háblame de Mehmet.

—¿Qué quieres saber de él? —preguntó Kadar muy sorprendido.

—¿Quién es?

—Un viejo amigo. ¿Por qué?

—Solo es curiosidad. ¿Sabes cuántos años tiene?

Kadar se encogió de hombros.

—Al menos noventa. Seguramente más cerca de noventa y cinco.

—¿Cómo es que lo conoces? ¿Por tu familia?

—No.

—Entonces...

—¿Qué es esto? —le preguntó él mirándola fijamente.

—Solo estoy tratando de entablar conversación. ¿Qué es el Pabellón de la Luna que mencionó? No he leído nada al respecto en ninguna parte.

—No estás tratando de entablar conversación. Estás husmeando.

—Tengo curiosidad o ¿acaso es tener curiosidad también un delito en este país?

Kadar negó con un movimiento impaciente de la cabeza, pero guardó silencio durante unos segundos.

–Hoy has oído hablar de los sultanes y del harén del imperio otomano.

–Sí.

–Cuando llegó el fin del imperio a principios del siglo XX, el sultán se marchó al exilio. Entonces, la vida de palacio tal y como se había conocido durante siglos terminó también. Las mujeres y los hombres quedaron libres de servicio. La madre de Mehmet era una de las mujeres del palacio, del harén. Su padre adoptivo, uno de los visires del sultán. Sus muchos años de servicio significaron que él pudo comprar una casa y así los dos construyeron un hogar juntos. Eran dos almas sin ubicación en un mundo que había cambiado. Además, había un pequeño palacio que él había recibido anteriormente como regalo por su fiel servicio.

–El Pabellón de la Luna.

Kadar asintió y estiró el brazo sobre el respaldo del asiento. Los dedos rozaban el hombro de Amber, por lo que el pulgar comenzó a trazar suaves movimientos sobre la piel.

–Era una locura construida por un sultán anterior, algunos dicen que como vía de escape al agobiante ambiente de palacio. Un lugar en el que podía ser más normal, aunque, por supuesto, un sultán jamás podía llevar una vida completamente normal. Le pertenece a Mehmet hasta el día de su muerte, aunque con la condición de revertirlo obligatoriamente al Estado. Ya se están dando pasos para convertirlo en un museo, por lo que entonces formará parte de las listas de las guías turísticas.

Amber se quedó atónita. Mehmet era mucho más que un anciano. Era un vínculo que unía el presente y el pasado. Sin embargo, algo de toda aquella historia le chirriaba.

–Has dicho que el padre de Mehmet lo adoptó.

–Sí. Ya era un anciano cuando el imperio se desmoronó, aunque de todos modos no hubiera podido tener hijos. Era un eunuco.

–Ah.

–¿Te sorprende eso? –le preguntó Kadar. Detuvo inmediatamente el movimiento del pulgar.

–No, es que...

Se había dado cuenta de que, a pesar del brillo de las joyas, de los vestidos y de la vida de lujos de los sultanes, del aura de supuesto romanticismo que envolvía la vida en palacio, el lado oscuro, entre otros, era que el sultán tenía que proteger lo que era suyo con hombres en los que pudiera confiar.

Pensó en Kadar, tan masculino y viril, y se echó a temblar al pensar en el desperdicio que ese hecho hubiera sido en él.

–Me parece tan cruel...

–La vida puede ser muy cruel, pero él llevó una buena vida durante su servicio y luego también, cuando convivió con la mujer que tomó como esposa. Crio a Mehmet como si fuera su propio hijo.

Tal y como Mehmet había hecho con él. A Kadar le había dado un padre cuando él se quedó solo. Una especie de familia cuando la suya le fue cruelmente arrebatada.

Se le hizo un nudo en la garganta.

Le debía todo a Mehmet, pero él ya lo sabía. No tenía que contárselo a aquella mujer para saber lo mucho que el anciano había hecho por él.

«Enloquecedora».

Eso era lo que ella era.

Aquella noche cenaron en un restaurante situado cerca de la lonja de Kumkapi, en el mar de Mármara, donde el pescado se exhibía en bandejas como si fueran obras de arte. Allí, los locales y los turistas disfrutaban del ambiente y de las capturas más frescas. Después, regresaron al apartamento e hicieron el amor hasta bien entrada la noche.

Al día siguiente, Kadar la llevó al Gran Bazar, donde la sorprendió con el crucero por el Bósforo que ella se había perdido.

Amber estaba muy emocionada. El día estaba bastante despejado y ver Estambul desde el agua le daba a la ciudad otra dimensión. Estaban sentados en cubierta, protegidos de la brisa, pero bajo el tibio sol de invierno. Avanzaban por la vía de agua que separaba los dos continentes, pasando frente a palacios y antiguas fortalezas, edificios de apartamentos muy modernos y pintorescas casitas de madera. Entonces, pasaron por debajo del puente del Bósforo, que unía Europa y Asia dentro de un único país.

Mientras Amber tomaba fotografías para conservar en el recuerdo todo lo que veía, le parecía que Estambul se iba convirtiendo en una ciudad más imponente y hermosa a cada minuto que pasaba.

Kadar la observaba atentamente. El entusiasmo de ella era contagioso. A pesar de todas sus carencias, Amber le recordaba a cada paso todo lo bueno que tenía su país de adopción. Le recordó todas las cosas sobre las que él se había maravillado en el pasado y que se le habían ido olvidando al aceptar aquel país como su patria. Estaba bien ver Estambul desde el punto de vista de un turista. Hacía que la ciudad fuera excitante y nueva. Hacía que todo fuera un descubrimiento. Una delicia.

Tampoco le molestaba que le vieran con ella. Notaba las miradas de envidia de otros hombres. Su deseo.

Sin embargo, había más.

A pesar de que aquello era una obligación que él había aceptado, descubrió que no le costaba estar con ella. Nunca antes había pasado tanto tiempo con una mujer. Nunca antes había sentido la necesidad de hacerlo. Sin embargo, en aquellos momentos, cuando se veía obligado a estar con ella, le aliviaba sentir que no lo consideraba una tarea imposible para él.

No estaba mal tener buena relación con ella durante el día para que el tiempo que pasaban juntos fuera más tolerable. Eso haría que las noches fueran también más placenteras.

Eso era todo.

Su relación con Amber se basaba en el deber, no en la atracción o el matrimonio, como lo verían sus amigos. Solo era una obligación. Nada más. Y no corría riesgo alguno porque ella se iba a marchar a su casa a los pocos días.

Siete noches más y ella se habría marchado. Siete noches más para disfrutar del placer antes de que se montara en un avión y desapareciera de su vida para siempre.

No estaba dispuesto a desperdiciar ni una sola de ellas.

—Gracias —le dijo ella con un inesperado beso en la mejilla cuando el barco atracó en el muelle.

—¿Por qué? —le preguntó Kadar mientras esperaban a que se instalara la pasarela que les permitiera descender del barco—. Solo era el crucero organizado que tú pensabas hacer.

—Lo sé, pero pensé que había perdido la oportunidad. Sin embargo, ha sido muy especial y por eso te doy las gracias.

Tenía el rostro abierto. Sincero, sin rastro de artificio. Los ojos azules le brillaban llenos de luz y los labios se habían transformado en una radiante sonrisa. De repente, Kadar pensó que tal vez había sido demasiado duro con ella. Tal vez se había equivocado.

Mehmet había creído en ella y, a pesar de estar ciego, no dejaba que nadie lo engañara.

Imposible. La habían sorprendido con las manos en la masa. Él mismo había sido testigo de lo ocurrido, y no Mehmet. Había visto cómo se le iban los ojos tras los tesoros de Turquía. El hecho de ser tan hermosa no significaba que fuera inocente.

—¿Adónde vamos ahora? —preguntó ella mientras Kadar la ayudaba a bajar del barco—. ¿O ya te has hartado de ejercer de guía turístico?

Había muchos lugares que Kadar podría haberle mostrado, pero el modo en el que los mechones de su cabello le acariciaban el rostro, le recordó el único lugar donde de verdad deseaba llevarla. Un lugar de misterio y ambiente que Amber no debería perderse.

—Vamos —le dijo él misteriosamente—. Te lo mostraré.

Capítulo 8

HABÍA tan solo un corto paseo hasta el pequeño y sencillo edificio que se consideraba una de las maravillas de la antigüedad de la ciudad de Estambul.

—La Cisterna Basílica —dijo ella cuando Kadar compró las entradas—. He leído algo sobre este lugar, pero no sabía que estuviera aquí. Pasamos por aquí el otro día al regresar de la comisaría y no tenía ni idea.

—¿Y qué es lo que has leído?

—Que es una especie de depósito de agua antiguo.

Kadar asintió y entraron. Lo que Amber vio la dejó sin palabras.

—Dios mío... —susurró—. Es enorme.

Así era. Tan impresionante como una catedral, con sus altas cúpulas y filas interminables de columnas. Estaba suavemente iluminada desde abajo con puntos de luz que le daban un aspecto dorado al interior de tan grande espacio.

Allí abajo se estaba muy fresco y era muy silencioso. El bullicio de la ciudad quedaba enmudecido por las gruesas paredes de ladrillo. Los únicos sonidos que se escuchaban eran los murmullos de los turistas, el sonido de la música que sonaba por los altavoces y el constante goteo de agua desde el techo hasta el estanque que dominaba el centro.

Subieron unos escalones hasta una pequeña pasarela

de madera que había entre las columnas y vieron que en las aguas nadaban enormes carpas y peces de colores. Amber tenía un folleto que le explicaba su historia, pero fue Kadar quien le dio todos los detalles. Su profunda voz añadía una cualidad hipnótica al ya mágico ambiente. Le explicó que se construyó en el siglo vi y que las columnas provenían de otros lugares. Una de ellas, teñida de verdín por el constante contacto con el agua, estaba decorada con ojos de pavos reales y lágrimas, que representaban las lágrimas de los muchos esclavos que murieron en la construcción de la cisterna.

Si Amber había pensado que el aura de Kadar se vería empequeñecida por la imponencia de tan magnífico lugar, se había equivocado. Parecía cargar el aire con su presencia, convirtiéndolo en un lugar excitante, misterioso y peligroso.

Él no la tocaba, pero Amber era más consciente de él que nunca. Sentía cómo él le miraba la nuca, cómo sus ojos oscuros la observaban constantemente. Sentía un insoportable hormigueo en la piel, hasta el punto de que dio las gracias por la presencia de otros turistas. Si hubieran estado solos, no habría podido resistirse. No habría podido confiar en sí misma.

Harían el amor después de la visita.

Lo sabía. Lo sentía en la atracción que había entre sus cuerpos, en las vibraciones del aire que los separaba. Tal vez aquella ocasión fuera diferente. Tal vez él le permitiría llevar la iniciativa. Nada de tal vez. Amber se ocuparía de que así fuera.

Siguieron caminando por la pasarela hasta que llegaron a la parte más profunda de la cisterna.

—Ya estamos. Esto es lo que quería que vieras.

Ella parpadeó. Otra columna. Al mirarla bien, vio que la pasarela la rodeaba y enseguida comprendió por qué. La pesada base descansaba sobre un rostro de piedra, puesto de lado sobre el suelo.

–¿Es una mujer? –le preguntó.

–Es Medusa –respondió él. Amber se dio cuenta de que no eran trenzas lo que enmarcaban su rostro, sino serpientes–. Era capaz de convertir a un hombre en piedra con una mirada. Su gemela y ella fueron trasladadas desde otro edificio hasta aquí.

–¿Su gemela?

Efectivamente, había otra. En aquella ocasión, estaba boca abajo.

–¿Por qué?

–Nadie lo sabe a ciencia cierta. Algunos dicen que para negar el poder de la mirada de la gorgona. Otros que para proteger el edificio desterrando a los espíritus malvados.

En el pasado, la cisterna había estado llena. Era una reserva subterránea de agua que se transportaba desde muchos kilómetros por medio de un acueducto para proveer al palacio de Topkapi. En aquellos momentos, había muy poca agua y resultaba muy extraño que las dos cabezas de Medusa y el resto de las bases de columnas, como la de las lágrimas y los ojos de pavos reales, hubieran estado bajo el agua, ocultas durante muchos siglos y luego perdidas durante muchos más, cuando la cisterna quedó olvidada por completo.

Amber se echó a temblar, como si un espíritu maligno le hubiera rozado el hombro. Entonces, miró a Kadar y vio el deseo dibujado en sus ojos. En un instante, el miedo desapareció y se vio reemplazado por el ansia y la expectación.

–Gracias por enseñarme este lugar. Es muy hermoso –susurró.

Kadar le acarició el cabello con una mano y se lo soltó del recogido que llevaba hecho.

–Me haces pensar en Medusa –dijo él. Sus caricias eran eléctricas, tanto que Amber sintió que el aliento le bloqueaba la garganta–. Cuando llevas el pelo suelto es como si tu cabello flotara en torno a tu rostro.

–Ten cuidado –le advirtió ella, tratando de conseguir que pasara el momento–. Podría convertirte en piedra.

Kadar frunció una de las comisuras de los labios.

–Creo que ya lo has hecho.

El temblor que Amber sintió después de la admisión de Kadar la hizo sentirse tan débil que tuvo que agarrarse a la barandilla de la pasarela para no caerse. Se dio la vuelta. Se sentía muy sorprendida por aquellas palabras y el poder que él le entregaba con ellas. Estaba segura de que el deseo no hacía que se le hiciera a una un nudo en el pecho.

Notó el aliento de Kadar en el cuello. Sintió que se colocaba tras ella, tal y como había descubierto que le gustaba. Sintió su impaciencia y supo que, si hubieran estado solos, Kadar la habría poseído allí mismo, sobre la pasarela, en medio de un bosque de columnas doradas lleno de secretos del pasado.

Al darse cuenta de que no le importaría, contuvo la respiración.

–Creo que ya he visto suficiente.

–En ese caso –replicó él con voz ronca y tensa–, deberíamos marcharnos –añadió agarrándola del brazo para llevarla a la salida.

Kadar llamó inmediatamente a su chófer. No iba a perder el tiempo andando cuando lo único que deseaba era hundirse profundamente en aquella mujer.

En cuanto la tuvo en el interior del apartamento, la tomó entre sus brazos y la besó apasionadamente, lleno de impaciencia y de deseo.

Amber se mostró dispuesta y ardiente, tal y como él se había imaginado. Le quitó el abrigo mientras él le quitaba a ella la cazadora. Empezaron a pelear el uno contra el otro para quitarse la ropa, presas de la celeridad por desnudarse, sin separar las bocas, besándose apasionadamente. Fueron dejando un rastro de prendas de vestir sobre el suelo hasta que llegaron al dormitorio.

Cuando la dejó encima de la cama, la sentó sobre el borde y deslizó las manos sobre las bragas de encaje que ella llevaba puestas. Entonces, se las bajó y dejó que la boca se diera un festín sobre la de ella. Estaba preso de tanta precipitación que, una vez más, estuvo a punto de olvidarse del preservativo.

Amber se lo quitó de las manos. Kadar se lo permitió. Apenas pudo contenerse cuando ella se lo colocó, deslizándoselo con una mano mientras le sujetaba el miembro con la otra. Kadar consiguió contenerse apretando los dientes, pero los segundos le parecieron una eternidad.

Por fin, ella terminó. Kadar volvió a besarla una vez más. La besó hasta que ella se volvió completamente líquida de deseo.

Amber se reclinó hacia atrás y tiró de él, tratando de conseguir que se tumbara sobre ella. Kadar estaba preparado. Trató de ponerla boca abajo, pero ella se resistió. Kadar quería penetrarla, pero ella le tiraba de los brazos para colocarlo encima de ella.

—Así —dijo, colocando en ángulo las caderas para animarlo.

—No. ¿A qué estás jugando? —le preguntó mientras se ponía de pie—. Date la vuelta.

–¿Por qué?

–Es mejor.

–¿Para quién?

–Para todos.

–No. Quiero así. Esta vez quiero verte.

–¡No!

–¿Por qué?

–¿Estás loca? ¿Por qué crees? –le preguntó mientras se daba la vuelta para mostrarle sus cicatrices–. ¿Te imaginas por un segundo que pusieras las manos sobre la espalda? No quisiera sentir tu repulsión cuando me tocaras la piel.

Amber se sentó en la cama y colocó las manos sobre el regazo.

–Está bien. Prometo que no te tocaré.

–¿Por qué no podemos hacerlo a mi manera? –gruñó él con frustración.

–¿Y por qué no podemos probar a la mía? Me agarraré a la colcha. Mejor aún. Átame al cabecero de la cama. Tal vez te excite.

–No seas ridícula. No es ninguna broma.

–¡No estoy bromeando! No quiero contar barcos ni quiero mirar más azulejos de baño y mucho menos a la colcha que cubre esta cama. Quiero verte a ti. Quiero sentir tu cuerpo sobre el mío.

–Puedes.

–No tal y como quieres tú. No soy una yegua o una perra para que me montes como si fuera un animal. Quiero sentirte aquí y aquí –dijo tocándose los senos y el vientre–. Contra mi cuerpo.

Kadar negó con la cabeza. Tarde o temprano ella terminaría tocándole y se sobresaltaría o, peor aún, él mismo sentiría su asco. Sin embargo, al verla tocándose, sintió que algo se despertaba dentro de él. No tenía por costumbre atar a las mujeres. Hasta entonces, no había habido necesidad. Sus mujeres eran temporales y él llevaba las riendas. Nadie se lo había propuesto nunca.

–No tengo esposas.

–Utiliza un cinturón. O una corbata –le sugirió ella mientras le ofrecía las muñecas–. Te prometo que no me resistiré.

Kadar se decidió por una corbata. Fue al armario a buscarla.

–Te prometo que el orgasmo que alcances no será igual –le dijo mientras le ataba las muñecas.

Cuando terminó, Kadar se retiró para observarla. Los brazos levantados hacían que se le irguieran más los senos y que la piel se le estirara sobre el torso, acentuando la cintura y la suave curva del vientre. Se preguntó por qué aquello no se le había ocurrido nunca ni a él ni a ninguna de sus mujeres, aunque ninguna de ellas habría estado tan hermosa como Amber.

En aquellos momentos, era su prisionera.

Su miembro se mostraba ansioso. Le agarró los tobillos y le separó las piernas. Entonces, se fue tumbando poco a poco sobre ella y se dio cuenta de que aquella idea le gustaba cada vez más. Podía gozar mucho de aquella manera. Podía darse un festín con su cuerpo. Podría torturarla lentamente hasta que ella suplicara el clímax.

Eso sería la próxima vez. En aquella ocasión, no pensaba tardar tanto tiempo.

Kadar tardó algún tiempo en unirse a ella, pero la mirada que había en sus ojos le decía que le gustaba. Y mucho. Ella se sentía excitada, expuesta y, por primera vez, algo asustada.

¿Qué le había dado el valor suficiente para sugerir

algo que jamás había probado? No conocía a aquel hombre. ¿Por qué confiaba en él de aquel modo? ¿Por qué se colocaba en una situación en la que estaba completamente a su merced?

Aquellos pensamientos tan solo lograron excitarla más. Los pezones le dolían, ansiando el contacto. Kadar la tocó para ver si estaba preparada para recibirlo y resopló. Entonces, sonrió y comenzó a acariciarla.

—¿Qué es lo que quieres?

—A ti —respondió ella—. Dentro de mí. Deja de perder el tiempo.

—Eres muy descarada para estar atada. Dado que eres mi cautiva y que estás tan desesperada, yo podría marcharme y torturarte un poco más.

—¡No te atrevas a marcharte ahora! —protestó ella.

—En ese caso, tal vez decida mostrarme piadoso contigo —susurró Kadar.

Se colocó entre sus piernas y se inclinó sobre ella para tomar un pezón en la boca. Lo mordisqueó suavemente y comenzó a lamerlo. Primero se ocupó de uno y luego del otro. Después, se concentró en la boca. Enredó la cálida lengua con la de ella. Los pezones de Amber se rozaban contra el torso de él dado que ella arqueaba la espalda para buscar más. Eso era lo que ella quería. Sentir el torso de Kadar contra el de ella. Hacer el amor cara a cara.

Amber tiraba de las ataduras. Deseaba abrazarlo, necesitaba estar libre, pero la corbata se lo impedía. Entonces, necesitó algo más que Kadar no tardó en darle. Se hundió en ella con un largo y profundo movimiento. Amber echó la cabeza hacia atrás y se olvidó por completo de las ataduras. Buscaba una clase de libertad muy diferente en aquellos momentos.

Con cada envite, con cada roce de la carne, Kadar la

llevaba más cerca del orgasmo. Ella sentía cómo se movían las piernas de él entre las suyas, la fuerza de sus caderas, el cálido aliento contra la garganta cuando él se apoyó sobre los codos para levantarla con él.

Amber no podía ir a ningún sitio si no era con él.

El clímax llegó envuelto en un grito. Desde las profundidades del placer, creyó oír que Kadar gritaba también su nombre y ese fue el regalo más grande de todos.

Su cuerpo tardó bastante tiempo en recuperarse, tal y como era de esperar. Kadar era un amante maravilloso, un mago de las artes amatorias. Era capaz de conjurar un orgasmo de la nada, tan solo con una mirada y la presión de un dedo.

Comprendía por qué no quería que ella le tocara la espalda. Por eso, debería haberle permitido que le hiciera el amor tal y como él quería en un principio. No debería haber insistido en hacerlo cara a cara porque acababa de perder la pequeña semilla del resentimiento que sentía contra él y había encontrado una nueva razón para desear que él siguiera haciéndole el amor.

Respiró profundamente y notó que su cuerpo iba calmándose. A pesar de que él la consideraba una ladrona y sabiendo que debía odiarle por ello, el único resentimiento que sentía en aquellos momentos era que cada vez le quedaba menos tiempo con Kadar.

Y no debería lamentarse por ello ni la mitad de lo que se estaba lamentando en aquellos momentos.

Capítulo 9

BURGUK, que estaba a más de mil kilómetros de Estambul, podría haber pertenecido a otro planeta. El valle en el que se encontraba estaba rodeado de altas montañas cubiertas de nieve, pero el paisaje parecía completamente lunar, con rocas arenosas talladas en formas caprichosas por efecto de la erosión.

Las casas de piedra de la ciudad se fundían con la montaña como si el viento las hubiera tallado también a ellas, como si formaran parte del paisaje. Era un lugar duro, pero con una especie de belleza salvaje que atraía la mirada. La nieve había llenado las calles la semana anterior y prometía hacerlo de nuevo antes de que pasara mucho tiempo. Por el momento, la nieve a medio deshacer se apilaba en montones sucios a los lados de la carretera y los delgados árboles apuntaban al cielo con las ramas desnudas, como si estuvieran rogando un poco de calor del tenue sol.

—Es muy bonito —dijo ella cuando llegaron a un otero desde el que se dominaba el valle entero. Kadar le pidió al chófer que se detuviera un instante.

Juntos salieron del coche y se acercaron al borde de la carretera para observar el valle. El viento era gélido y bastante fuerte, por lo que le alborotó el cabello a Amber.

—No es muy diferente a Capadocia —dijo él—, aunque no a una escala tan grande.

–Yo debería haber pasado dos días allí con mi grupo.

–Siento que te hayas visto forzada a perderte algunos de los lugares que se suponía que debías visitar con el tour.

Amber no lo sentía. Ya no. Si se hubiera marchado de viaje con su grupo, no estaría en Burguk en aquellos momentos, junto a Kadar, descubriendo una parte de Turquía que ni siquiera sabía que existía.

En realidad, la razón era que no estaría junto a Kadar. Punto. Y pensar que antes le había molestado que él insistiera tanto en vigilarla... ¿Cómo podía lamentarse cuando sus días estaban llenos de aventuras y sus noches plenas de los descubrimientos de la carne?

La noche anterior, algo había cambiado cuando Kadar le hizo el amor cara a cara. Algo había cambiado sutilmente en el equilibrio que había entre ambos, y ese cambio la había dejado sintiéndose incómoda y gratificada a la vez.

–Regresaré algún día –dijo ella encogiéndose de hombros–. Todos esos lugares llevan siglos aquí y seguirán por mucho tiempo.

–Tal vez regreses para tu luna de miel.

Ella lo miró asombrada. ¿Le había leído el pensamiento? ¿Estaba advirtiéndola de que no pensara que aquello podría dejar de ser temporal? Debería haber seguido escuchándola y así habría llegado a la parte en la que se decía que no se podía enamorar de un hombre que no confiara implícitamente en ella, aunque el sexo fuera espectacular. Eso podría haberle dejado más tranquilo.

Amber decidió seguirle el juego.

–Es una buena idea. Tal vez lo haga. Y me aseguraré de que os conozcáis, no te preocupes.

–No creo que eso sea tan buena idea –comentó él,

con una sonrisa que le decía a Amber claramente que estaba bromeando.

Regresaron al coche. Kadar había sonreído, a pesar de que las palabras de Amber le habían molestado. No había sitio para ella en su futuro, ni siquiera como visitante, y mucho menos si llegaba acompañada. No quería pensar en ella con otro hombre. Ese pensamiento le dio qué pensar porque él nunca había preguntado...

−¿Tienes novio en Australia?

−Me parece una pregunta muy rara después de las cosas que hemos hecho juntos.

−¿Lo tienes? −insistió él.

−Ya me has tachado de ladrona −dijo ella tras exhalar un profundo suspiro−. Ahora me atribuyes la moralidad de una gata callejera. Si quieres que me ponga impaciente por perderte de vista, vas por buen camino.

−Tan solo me sorprende que no lo tengas, eso es todo. No estaba tratando de insultarte.

−Pues eso es precisamente lo que me había parecido. Si tu mujer estuviera de viaje por otro país, ¿cómo te sentirías si ella se acostara con otro hombre mientras estaba allí?

−No ocurriría. Si hiciera algo así, no sería mi mujer.

−Entonces, ¿por qué crees que yo sería capaz de eso? A menos que pienses que soy un poco ligera de cascos.

−Ya te lo he dicho. No quería decir eso. Simplemente, no entiendo por qué una mujer como tú no tiene pareja.

−¿Te refieres a una ladrona como yo?

−Me refiero a una mujer tan hermosa como tú.

Amber cerró los ojos. Deseó fervientemente que Kadar no hubiera dicho eso. No servía de nada y por ello la hizo desear que fuera otro hombre porque no podía permitirse enamorarse de él.

–Tuve pareja, aunque, ahora que lo pienso, yo diría que era más un gusano que un hombre.

–¿Qué ocurrió?

–Lo encontré en la cama con mi mejor amiga. No se puede decir que aquel fuera mi día favorito.

Kadar la miró durante un instante antes de responder.

–Fue un idiota.

–Puede, pero eso ya no importa. Ahora estoy libre de él y no voy a seguir ese camino en un futuro próximo. Por lo tanto, ya ves que no tienes nada que temer por mi parte.

–No temía nada de ti de todos modos.

Amber sonrió, pero apretando los dientes en aquella ocasión.

–Aparte de que me pudiera escapar con la cubertería de plata, querrás decir.

–No. Eres tú la que tiene que tener miedo, si eso ocurre.

Ella parpadeó.

–Lo tendré en cuenta.

–Sería aconsejable.

Unos cuantos kilómetros más allá del pueblo, se detuvieron junto a un alto muro de piedra.

–Bienvenida al Pabellón de la Luna –dijo Kadar mientras el chófer se ocupaba de su equipaje.

Amber se sentía confusa. Lo único que podía ver más allá del muro era un precipicio. Cuando él abrió la verja, se percató de que las ventanas y la puerta de madera formaban parte de la pared rocosa.

Se había imaginado que sería muy pequeño, por lo que se quedó perpleja ante la enorme magnitud del pabellón cuando él abrió la puerta. Era un palacio en miniatura que había sido excavado en la montaña, con columnas y arcos tallados en la piedra. Alfombras de seda cubrían el suelo y los oscuros muebles de madera contrastaban contra unas paredes a las que las lámparas sutilmente colocadas les daban una apariencia dorada.

—Es increíble. ¿Y dices que un sultán se alojó aquí?

—En ocasiones. Era un largo viaje desde Estambul, que entonces se llamaba Constantinopla, pero sí, se alojó aquí.

—Quién lo habría pensado.

—En los acantilados había cuevas que los pastores llevaban siglos utilizando. Ya estaban abandonadas cuando la partida de caza del sultán acampó aquí bajo la luz de la luna y las encontró.

—Es fabuloso.

—Aún hay más.

Kadar fue enseñándole todas las habitaciones, aunque dejó la del sultán para la última. Vio que a Amber se le iluminaban los ojos al verla.

La estancia era digna de un palacio. Los postes de la cama eran columnas talladas en la piedra. Unos arcos conducían hacia el enorme cuarto de baño, que contaba con una piedra caliente para el *hammam* y una bañera hundida en el suelo. Las paredes estaban cubiertas de mármol. También había azulejos con tulipanes que suponían una explosión de verdes y rojos para romper la monotonía del mármol de las paredes.

—¿Crees que te gustará estar aquí unos días mientras yo me ocupo de mis negocios?

—¿Cómo no me iba a gustar? No me puedo creer la suerte que tengo de poder alojarme aquí. Es magnífico.

—Lo siento —dijo él de repente.

—¿Por qué dices eso?

–Por nuestro pequeño desacuerdo de antes. No estoy acostumbrado a tener a mi alrededor a una mujer. Estoy acostumbrado a estar solo.

–Yo siento que te hayas visto obligado a cargar conmigo.

Kadar estaba a punto de decir que él también lo sentía, pero no era así. Ya no. Buscaba las sonrisas y las reacciones de Amber, dado que cada una de ellas iluminaba su solitaria vida un poco más.

Le gustaba tenerla a su lado, aunque solo por un tiempo. Por supuesto, no se lo diría nunca.

–Todos tenemos nuestras obligaciones –dijo él secamente mientras la conducía de nuevo al dormitorio–. Hay otras habitaciones que ver, pero debes perdonarme. Se me espera en otro lugar.

–¿Cuál es el misterioso negocio que te ha traído hasta aquí?

–No se trata de ningún misterio. Tengo una fábrica pirotécnica aquí.

–¿Fabricas fuegos artificiales?

–Sí. Y tengo una empresa que organiza exhibiciones por todo el mundo, entre otras cosas.

–¿No es muy peligroso?

–Puede serlo.

Amber no pudo seguir haciendo más preguntas sobre su negocio porque, al llegar al dormitorio, vio que el equipaje de ambos estaba en el suelo.

–¿Por qué están nuestras cosas aquí?

–¿Y dónde si no pensaste que íbamos a dormir?

–Pero este es el dormitorio del sultán.

–¿Preferirías no dormir en su cama?

–No creía que estuviera permitido.

–Cuando el Pabellón de la Luna se convierta en un museo, no lo estará. Sin embargo, por el momento, le sigue perteneciendo a Mehmet y él nos ha ofrecido su hospitalidad. Sería una grosería rechazarla.

—Yo no querría resultar grosera —comentó ella con una sonrisa.

Kadar sonrió y le dio un ligero beso en los labios.

—Entonces, está decidido.

Amber le pidió que la dejara en el pueblo para poder explorarlo a pie mientras que él se ocupaba de sus negocios. No solían llegar muchos turistas a Burguk, por lo que Amber atrajo mucha curiosidad con su cabello rubio y sus ojos azules.

No le preocupaba estar sola. Kadar le había asegurado que estaría a salvo porque todo el mundo sabía que estaba con él. Amber no comprendía cómo podía estar tan seguro.

Además, en realidad no estaba sola. Un niño comenzó a seguirla. Cada vez que ella se daba la vuelta, se giraba y miraba a su alrededor para disimular. El niño la hizo sonreír, por lo que a ella no le importó que la siguiera.

Encontró una tienda de artesanía local. Se fijó en que en el escaparate había una manta muy parecida a la que había visto sobre las piernas de Mehmet. Tenía un borde de estilizados tulipanes rodeando un centro formado por árboles y formas diversas de muchos colores. A su madre le encantaría. Como Kadar se había hecho cargo tan generosamente de sus gastos, sabía que el dinero le duraría lo suficiente y que se podría permitir comprar unos cuantos recuerdos para la familia.

Cinco minutos más tarde, salió de la tienda con la manta en una bolsa. Le había sorprendido el precio que el hombre le había cobrado, pero él había insistido en que la ridícula cantidad era la correcta. Le parecía que, por algún motivo, le habían hecho un enorme descuento. Por lo tanto, terminó comprando también un llavero con el ojo turco para su hermano y un libro de paisajes de Turquía para su padre.

Al ver a su pequeña sombra esperándola pacientemente en el exterior, le sonrió y le dijo «hola». El niño miró a su alrededor como si no supiera a quién estaba hablando Amber.

Ella se decidió a comprar un zumo de granada que un hombre vendía en un carro. Tras cortar la fruta en dos, el hombre la exprimió y le ofreció el vaso. Cuando ella trató de pagarle, el hombre rechazó el dinero. Amber insistió y le dio el dinero, pero él se negó a aceptarlo.

Por ello, Amber le ofreció el dinero al niño, que estaba esperando a cierta distancia. El muchacho la miró muy sorprendido y ella asintió. El niño se acercó sonriendo y aceptó el dinero con una profunda sonrisa. Entonces, se marchó gritando. El dueño del puesto de zumos sonreía también.

Amber se encogió de hombros y se alejó tomándose el zumo. Poco después, oyó un revuelo a sus espaldas y, al darse la vuelta, vio a un grupo de niños corriendo hacia ella. Iban encabezados por el muchacho al que le había dado las monedas. Los niños no tardaron en rodearla.

—Está bien, también os daré dinero a vosotros, pero me tenéis que mostrar primero el pueblo.

Entre los torpes gestos y la ayuda del vendedor de zumos, al que había tenido que acudir para que la ayudara a entenderse, los niños comprendieron por fin y la llevaron a ver la panadería, la tienda de especias y el colegio al que todos iban. Todo parecía muy importante para ellos. Poco a poco, el grupo de guías fue aumentando en tamaño.

Le encantaba porque los pequeños le divertían mucho. Entonces, vio a una niña muy pequeña tratando de seguirlos. Tenía una fuerte cojera. A Amber se le hizo un nudo en la garganta al recordar a su prima Tash, que murió cuando Amber tenía quince años debido a problemas de corazón.

Por primera vez, sintió añoranza de su hogar y de su familia. Echaba de menos su clase en el colegio en el que trabajaba en Melbourne. Siguiendo un impulso, tomó a la pequeña en brazos y la llevó así el resto del camino.

Cuando Kadar la encontró, estaba sentada en un café al lado de un brasero pelando naranjas para el grupo de niños. La niña estaba sentada en su regazo, observando cómo ella pelaba la fruta. Tenía una naranja en las manos y estaba tratando de copiar sus movimientos. Kadar se quedó muy sorprendido a pesar de todos los comentarios que había escuchado.

—Había oído que teníamos al flautista de Hamelín en el pueblo –le dijo. Amber y la niña levantaron la mirada al mismo tiempo. La pequeña lo observaba petrificada–. ¿Has pasado una buena tarde con tus amigos?

—Genial. ¿Quién te lo ha dicho?

—Prácticamente todos con los que he hablado. Las noticias vuelan aquí. Has sido un éxito entre los habitantes locales.

—Sospecho que eso tiene algo que ver contigo. En todas partes parecían hacerme descuentos o darme las cosas gratis. Hasta las naranjas.

Kadar se encogió de hombros, pero no dijo nada. Los niños lo observaban en silencio. Entonces, él les dijo algo en su idioma y todos asintieron y se marcharon corriendo con las naranjas en las manos. La niña se bajó con mucho esfuerzo del regazo de Amber. Kadar se dio cuenta de que tenía la pierna torcida y observó cómo se alejaba cojeando con la naranja que Amber le había dado en la mano.

—¿Tiene que ir lejos? —le preguntó ella.

Kadar se dio cuenta de que la pequeña le importaba. No debería haber significado nada, pero ese hecho despertó algo en un lugar que no solía visitar a menudo.

—No. Aquí nada está lejos.

—Me gusta Burguk —comentó ella mientras se secaba las manos con las servilletas—. Me gusta la gente. Y los niños.

—Les he dicho que los verías mañana, en la fiesta que están preparando.

—¿En honor de tu visita? —le preguntó ella mientras se levantaba para recoger sus cosas.

—Ha sido un buen año. Es costumbre.

—¿Quién eres? —le preguntó ella sacudiendo la cabeza—. Pensaba que eras tan solo un hombre de negocios, pero los habitantes de este lugar parecen adorarte.

—¿Quién eres? —replicó él—. Pensaba que te pasarías el día comprando en Burguk y resulta que has encandilado a todo el pueblo.

Amber sonrió cuando él le ofreció la mano y ella se la llenó con las asas de las bolsas de lo que había comprado.

—También he ido de compras. No te preocupes.

Amber yacía sobre la cama del sultán, con el cuerpo cubierto de sudor y jadeando para poder descender de las gozosas alturas a las que Kadar la había transportado.

En el techo del dormitorio, se habían reproducido las constelaciones para que pareciera que estaban bajo el cielo del desierto. Amber no se lo podía creer. Había ido a Turquía con la esperanza de saborear el país que había cautivado a su trastatarabuela. Jamás había esperado encontrar su propia aventura.

Se habría pellizcado si hubiera podido usar las manos.

–Umm, siento molestarte, pero...

Kadar levantó la cabeza. La había hundido junto al cuello de Amber cuando se derrumbó sobre ella.

–¿Algún problema? –le preguntó sonriendo.

–Solo si no me desatas.

Él sonrió aún más ampliamente. Amber se dijo que debía tener cuidado. Un Kadar juguetón era una bestia peligrosa y podría hacerle desear que las cosas se volvieran más permanentes. Eso sería muy peligroso.

–No sé por qué no se me ocurrió antes. Es la manera perfecta de evitarte problemas.

–Los problemas los tendrás tú si no me desatas.

–No tienes sentido del humor –bromeó él.

Le besó la mejilla y se dispuso a desatarle las manos. La piel de Kadar olía a sudor, a sexo y a hombre de sangre caliente. Amber quería aspirar aquel olor e imprimirlo en sus recuerdos para no olvidarlo nunca.

Se frotó las muñecas y bajó las manos. Él se las atrapó con las suyas y le besó la parte interna de las muñecas.

–¿Te duele?

–En realidad, no.

Había tirado muy fuerte de las ataduras. Merecía la pena sufrir un poco de dolor por sentir a aquel hombre entre las piernas, con su torso contra los senos y la boca sobre sus labios.

Merecía tanto la pena...

Capítulo 10

AL DÍA siguiente, en el pueblo había un ambiente muy festivo, tanto que parecía que todo el valle estaba de celebración. Los habitantes de pueblos y ciudades cercanos se habían reunido para festejar un buen año.

Se congregaron en el campo de fútbol y levantaron puestos de comida y colocaron braseros para combatir el frío. Se asaban corderos enteros sobre el fuego, lo que le daba al aire un aroma delicioso. Amber reconoció al hombre de la tienda de artesanía y al del zumo de granada. Los dos parecieron muy contentos de verla y le presentaron a sus esposas y a sus familias. Los niños que la habían acompañado en su recorrido por la ciudad también le presentaron a sus padres. Casi todo el mundo parecía ansioso por conocerla. A Amber le encantó la bienvenida, en especial la de la niña, que le dio la mano y se quedó con ella cuando los demás se marcharon a jugar.

Cenaron cordero asado con ocra y tomates y berenjenas con semillas de granada y un montón de ensaladas más, además del pan más delicioso que Amber había tomado nunca.

Después de cenar, todos se sentaron en las gradas. Kadar fue recibido entre aplausos y vítores. Se subió a un podio y dio un discurso que ella no entendió, pero que, evidentemente, fue un éxito. Cuando terminó, todos comenzaron a aplaudir con entusiasmo. Amber se sintió bien solo por poder formar parte de aquella celebración.

Cuando bajó del podio, todos parecían querer hablar con él y estrecharle la mano. Amber observó la escena con un increíble orgullo.

Era una locura. Kadar no le pertenecía como para que se sintiera orgullosa de él. No podía olvidar que tan solo estaba allí por el desproporcionado sentido del deber que él poseía. Sin embargo, se sentía orgullosa de todos modos. Además, de vez en cuando resultaba agradable olvidar la verdadera razón por la que se encontraba allí.

Él se disculpó por el retraso cuando por fin llegó a su lado.

–Tus trabajadores te adoran –le dijo ella–. Ningún jefe debería tener que disculparse nunca por eso.

Kadar la miró de un modo extraño a ella y a la niña, que estaba de nuevo sentada en el regazo de Amber, y sonrió.

–Espera a ver lo que viene ahora. Los mejores fuegos artificiales del mundo, fabricados aquí mismo, en el valle de Burguk.

El espectáculo comenzó cuando el cielo quedó completamente a oscuras. Amber no había visto nunca nada parecido. Brillantes colores que iluminaban el cielo y cohetes que explotaban, dando paso a bellísimas cascadas de luz. La noche se convirtió en día y el aire se llenó con los vítores y los aplausos de los espectadores.

Sobre el regazo de Amber seguía la pequeña Ayla, observando el espectáculo con admiración. Su madre estaba cerca de ella, con un bebé en los brazos.

Cuando el espectáculo terminó, llegó el momento de llevar a la somnolienta Ayla con su familia. La niña se incorporó y le tocó el cabello con una mano. Entonces, pronunció unas palabras.

–¿Qué es lo que ha dicho? –le preguntó Amber a Kadar.

–Ha preguntado si eres una princesa.

Amber sonrió y negó con la cabeza.

–No. No soy una princesa. Solo soy una chica normal.

Mientras regresaban al Pabellón de la Luna, Kadar pensó que Amber no tenía nada de normal. Se fueron directamente a la cama, donde ella le entregó el pañuelo de seda para que le atara las manos.

–No –dijo él. Entonces, dejó caer el pañuelo al suelo. Ella parpadeó y se dio la vuelta. Kadar la agarró por los hombros y la hizo girarse de nuevo–. No –repitió tumbándola otra vez boca arriba sobre la cama–. Esta vez no habrá ataduras.

–Pero...

–Aún no te has encogido de horror. Creo que podré soportarlo si me tocas las cicatrices. Es decir, si puedes.

Amber le estrechó entre sus brazos y le dio un beso.

Aquella noche hicieron el amor muy tiernamente. Kadar suspiró cuando ella le acarició los pezones y gruñó de placer cuando le arañó lentamente los costados. Cuando la penetró, Amber gritó de placer al sentir que estaban unidos.

Después, tumbados frente a frente sobre la cama, Kadar comenzó a acariciarle suavemente el costado. Entonces, le preguntó:

–¿Por qué permitiste que la hija de una desconocida se sentara en tu regazo?

–Ayla es un cielo. ¿Quién se podría resistir?

–Se te dan bien los niños.

–Es una suerte, dado que es a eso a lo que me dedico.

–¿Trabajas con niños?

–Sí. Doy clases en una escuela especial en Melbourne para niños con problemas físicos o de desarrollo. Es un buen trabajo. Muy enriquecedor.

Era su manera de ayudar a otros niños dado que, por su juventud, no había podido ayudar a Tash.

–Es muy noble por tu parte.

–No –dijo ella. Rápidamente le contó la historia de su prima Tash–. Sin embargo, espero que sea útil. Solo quiero hacer algo que ayude.

–Ah, entiendo.

Kadar sonrió y empezó a trazarle círculos muy lentamente con el pulgar sobre la cadera. Estuvieron un rato en silencio así, por lo que Amber estuvo a punto de quedarse dormida.

–Ayla tiene la pierna torcida.

Amber abrió los ojos y se mordió el labio inferior.

–Lo sé. No quería preguntar.

–Preguntaré yo entonces. Tal vez su familia es demasiado tímida como para pedir ayuda.

Ella se incorporó y se apoyó sobre el codo para mirarlo.

–¿Este pueblo es el tuyo? ¿Naciste aquí? ¿Por eso te importa tanto lo que ocurra?

–No. Mi pueblo estaba más al oeste y era mucho más pequeño. En realidad, es parte de Irán, pero estaba tan cerca de la frontera con Armenia y Azerbaiyán que nuestros mayores no se sentían obligados con nadie.

Amber ignoró el hecho de que él por fin había respondido a la pregunta que le hizo el primer día y se concentró en lo que había dicho.

–Hablas en pasado.

El miedo se apoderó de ella. Pensó en las cicatrices de la espalda. Las cicatrices de alguien que había sido víctima de las llamas o de algo peor aún.

–Fuegos artificiales... –susurró.

Kadar no dijo ni sí ni no. Se limitó a acariciarle suavemente el costado con la mano. Amber decidió que era mejor no presionarle ni hacerle pregunta alguna. Debía dejar que él se tomara su tiempo para responder.

–La mayoría de los habitantes del pueblo trabajaban en ello –dijo él por fin–. Por supuesto, era ilegal y estaba muy mal organizado, pero llevaba ingresos y dinero a un pueblo muy pobre. Divisas que algunos insistían en que se utilizaran para los servicios sanitarios y los colegios para la comunidad antes que mejoras en la seguridad. Algunos decían que la seguridad era responsabilidad de los dueños. Efectivamente, llevó mucho dinero durante un tiempo. Después, muerte y destrucción. Nadie sabe lo que ocurrió. Había muchos fuegos artificiales almacenados para una celebración y algo provocó una reacción en cadena. Una explosión destruyó la fábrica. Cuando empezó el fuego, no hubo manera de pararlo y los que estaban dentro no tuvieron oportunidad alguna, aunque hubieran sobrevivido a la explosión inicial. Mi familia. Mi padre y mi madre, mis tres hermanos y mi hermana murieron allí. Todos.

–Pero tú lograste escapar.

Kadar apartó la mano y le dedicó una mirada dolorosa y vacía.

–Aquella mañana había discutido con mi padre. Le supliqué que me dejara ir a la nueva escuela para poder aprender para conseguir un buen trabajo y no tener que trabajar en la fábrica. Él me dijo que debía trabajar en la fábrica, como mis hermanos.

–No deberías sentirte culpable por haber discutido con él. Tú sobreviviste. Ellos no querrían que te sintieras así.

–No fue que sobreviviera porque no estaba allí.

–Pero las quemaduras...

–No me quemé tratando de escapar –susurró con los ojos llenos de un profundo dolor, más allá de lo que era humanamente soportable–. Estaba tratando de entrar para salvarlos.

Amber se echó a temblar.

–¿Cuántos años tenías? –musitó.

–Seis.

Amber tragó saliva y trató de imaginárselo. Un enorme incendio, en el que el mundo en el que vivía un niño pequeño se había convertido en un infierno. Personas tratando de escapar del fuego, de huir. Y ese niño corriendo en sentido contrario para tratar de salvar a sus seres queridos.

–Aquella mañana, mi madre se disgustó mucho por la discusión que tuve con mi padre. Me dijo que no debería discutir con mi padre, a pesar de que yo ya lo había hablado con ella y mi madre estaba de acuerdo conmigo. Por eso, fingí ir con todos ellos a la fábrica, pero, cuando mi padre estaba de espaldas, me marché al colegio. Estaba en clase cuando oí la explosión. Todo tembló a mi alrededor y en ese momento supe que tenía que estar con ellos.

–¿Quién te salvó?

–No lo sé. No llegué muy lejos. No pude. Lo único que sentía era calor. Luego algo cayó sobre mí. Cuando me desperté, estaba en el hospital de Estambul. Tenía tanto dolor que deseé estar muerto. Mehmet me encontró. Vio la noticia en el periódico. Un pueblo había desaparecido de la faz de la Tierra y un niño sin familia estaba en estado crítico. Llamó a los mejores médicos. De algún modo, consiguieron arrancarme de las garras de la muerte y me mantuvieron vivo, aunque en muchas ocasiones yo deseé que no se hubieran molestado. Perdí la cuenta del número de operaciones y de trasplantes de piel.

–Mehmet es un buen hombre.

Kadar se puso boca abajo y colocó la cabeza sobre los brazos cruzados. Dejó al descubierto las cicatrices de la espalda de un modo que jamás había hecho antes. A Amber le gustó que se relajara lo suficiente como para hacerlo delante de ella.

–El mejor. Me educó hasta que fui lo suficiente-mente fuerte para echar a volar. Me guio bien. Tuve mucha suerte.

Amber se inclinó sobre él y le dio un tierno beso en el hombro, en el lugar donde la piel se encontraba con las primeras cicatrices. Él se tensó durante un instante, pero luego se relajó.

–¿Te duele aún?

–Me tira.

Ella volvió a besarle, pensando en el daño que podía causarse cuando las cosas iban mal. Pensó en las personas que había conocido aquel día, en las familias y en los trabajadores que adoraban a su jefe. Sacudió la cabeza y suspiró.

–¿Qué te pasa? –le preguntó él mientras se ponía de costado y se sujetaba la cabeza con la mano.

–No lo entiendo. Después de todo lo que te ocurrió, ¿cómo puedes soportar los fuegos artificiales? Además, los fabricas. Y das empleo a la mitad del valle. ¿Y si ocurriera lo mismo aquí?

–¿Acaso crees que lo permitiría? Por supuesto que es un negocio peligroso, pero se puede realizar con las medidas de seguridad adecuadas. En mi fábrica no hay niños. Ni depósitos que puedan explotar si ocurre un accidente.

Kadar comenzó a acariciarle el cuello a Amber. Le

enredó los dedos en el cabello y empezó a mirarla muy atentamente, como si estuviera absorbiendo lentamente su imagen de la cabeza a los pies. Aquella mirada despertó una vez más el deseo dentro de ella.

–¿No te das cuenta? ¿Quién mejor para dirigir una fábrica de fuegos artificiales que un hombre que comprende lo que está en juego si algo va mal?

Le acarició los erectos pezones con el dorso de la mano y consiguió ponerle la piel de gallina. Entonces, cuando se inclinó para besarla, Amber presintió que aquello era una locura. Sin embargo, no podía hacer nada al respecto.

¿Quién mejor?

No podía haber nadie mejor.

Kadar era el mejor.

Estaba tumbado en la cama, mirando las estrellas que adornaban el techo de la habitación, mientras escuchaba la profunda respiración de Amber. Ella tenía la cabeza apoyada en su hombro y el cabello extendido como un río de oro sobre la almohada. Su pálida piel relucía.

¿Quién era aquella mujer que había irrumpido en su vida y se había hecho un hueco en ella? ¿Quién era como para que Kadar le contara detalles tan íntimos de su vida, detalles que nadie más que sus amigos más íntimos y Mehmet conocían?

Jamás había pensado en tener hijos propios, pero al ver a Amber con la niña sobre el regazo sintió que había visto a la mujer que ella sería con su propio hijo, un niño de cabello oscuro que él habría engendrado.

¿De dónde había salido aquel pensamiento?

¿Por qué de repente unos días parecían ser un espacio tan corto de tiempo cuando estaba acostumbrado a que sus parejas no le duraran más de unas horas? ¿Por qué el hecho de pensar que ella se montaría en un avión para regresar a su país le provocaba un nudo en el pecho?

Quería que se fuera. Quería recuperar su vida. Y sin embargo...

La miró mientras dormía. Un sultán estaría orgulloso de tenerla en su harén como su favorita.

¿Por qué no iba a estarlo él?

No. Un sultán quería hijos. Un sultán necesitaba tener muchos hijos para que continuara su linaje. Un sultán necesitaba tener familia.

Él no. Una familia era lo último que deseaba. Si no se tenía familia, no se podía perderla.

Apartó la cabeza y ella suspiró en sueños. Se dio la vuelta y siguió durmiendo. Kadar golpeó la almohada de rabia y maldijo al sueño que no quería acompañarle.

Era una locura.

Él no era un sultán y no tenía favoritas. Quería recuperar su vida tal y como era, sus noches sin preguntas.

No había duda alguna al respecto. No había duda.

Todo sería mejor cuando ella se hubiera marchado.

Capítulo 11

AMBER disfrutó mucho con los días que pasaron en Burguk. Cuando él no tenía reuniones, la llevaba a recorrer la zona. Aquel día, el cielo anunciaba una nevada que Amber esperaba con anticipación. Jamás había visto la nieve caer. Nunca había nevado en Melbourne ni ella había estado en las montañas. Resultaba extraño que hubiera tenido que ir a Turquía para ver caer la nieve. Otro recuerdo más que llevarse a casa.

—Jamás te imaginé como guía turístico –le dijo medio en broma mientras recorrían la base de las altas y afiladas rocas que él llamaba «castillos de las hadas».

Otra faceta de Kadar. Podía pasar de ser el perfecto hombre de negocios a convertirse en alguien que aparentemente podía relatar la historia del valle mientras caminaban.

—Mehmet solía traerme aquí –le explicó Kadar mientras caminaban–. Cuando desesperaba de la vida o de lo injustas o duras que fueran las cosas, él me traía aquí y recorríamos juntos estos senderos. Me decía que el valle lleva aquí desde siempre y que las rocas sufren las inclemencias del viento, pero que a pesar de todo siguen en pie. Si yo quería rendirme o permanecer en pie, duro y resistente como ellas, era cosa mía.

—Mehmet debe de estar muy orgulloso de ti.

—Jamás podré pagarle todo lo que ha hecho por mí.

Amber lo miró. Decidió que lo comprendía mucho mejor. Se había imaginado que él siempre había sido así, un líder nato. Seguro de sí mismo. Sin embargo, esa actitud había sido una elección consciente. Podría haber cedido ante el sentimiento de pérdida, el dolor y la deformidad. Podría haberse rendido en el viaje desde la niñez a la adolescencia y luego a la madurez antes de encontrar su lugar en el mundo. Nadie le habría culpado. Sin embargo, había elegido resistir. Mantenerse erguido. Ser un líder entre los hombres. Y Amber lo admiraba más que nunca por eso.

¿Admirar?

Cuando los primeros copos de nieve comenzaron a caer del cielo, Amber esperó que solo fuera eso, admiración. Deseó poder recuperar el resentimiento que había sentido al principio hacia él, hacia el hombre que la había acusado de robar. En vez de eso, lo que estaba empezando a sentir era un creciente respeto hacia él que no tenía nada que ver con lo bien que le hacía sentirse en la cama.

Desgraciadamente, ella no había ido a Turquía para buscar un hombre, a pesar de que hubiera encontrado uno sin querer. Y, ciertamente, no había buscado el amor.

Era una pena. Porque eso era exactamente lo que había encontrado.

Dios.

Se dio la vuelta para que Kadar no pudiera leer la sorpresa que se le había reflejado en el rostro y le preguntara qué era lo que le pasaba. El gélido viento le golpeaba el rostro, llenándoselo de copos de nieve.

Había estado deseando ver la nieve. La emoción de su primera nevada había quedado ensombrecida por la fuerza de algo que era mucho más importante. Y también más desgraciado.

¿Qué era lo que le pasaba? ¿Cómo había podido permitir que le ocurriera eso? ¡Nunca debería haber pasado!

Sintió que Kadar le tomaba la mano y que le hacía darse la vuelta para poder mirarla.

–Está nevando –le dijo con la excitación de alguien que sabía muy bien las ganas que ella tenía de que ocurriera.

–Lo sé –repuso ella esforzándose por sonreír.

–Entonces –susurró Kadar mientras le tocaba suavemente la mejilla para secarle una lágrima–, ¿por qué estás llorando?

–Porque soy muy feliz, por supuesto.

–Estás muy hermosa con las pestañas llenas de nieve –afirmó él.

La besó. Estaba muy emocionado por ella y Amber trató de sentirse emocionada por él.

Alrededor de ambos, la nieve caía más copiosamente. Los copos eran más grandes y el paisaje se fue tiñendo de blanco poco a poco.

–Vamos –dijo él–. Tenemos que irnos. Hay algo más que aún no has visto.

Tras regresar a la calidez del Pabellón de la Luna, los dos se quitaron los abrigos y se sacudieron la nieve. Kadar sacó unas llaves y la condujo a una sala como las que había visto en los palacios de Estambul, con vitrinas de cristal para exhibir los tesoros de la época. Los alumnos de una universidad cercana habían estado trabajando allí para realizar las tarjetas con las descripciones de cada objeto en turco, árabe e inglés. Desgraciadamente, él tuvo que excusarse casi inmediatamente porque recibió una llamada en el móvil. A Amber no le importó. Había tantas cosas que ver que no le echaría de menos mientras estudiaba los tesoros.

Había vestidos, exquisitas túnicas de seda y oro, porcelana y cristalería fina y, por supuesto, joyas. Solo era un porcentaje muy pequeño comparado con lo que habían visto en los palacios de Topkapi y Dolmabahçe, pero las piezas exhibidas eran muy hermosas.

Todo era magnífico, pero fueron las joyas lo que atrajo inmediatamente la atención de Amber. Había pendientes de perlas y piedras preciosas, brazaletes de oro finamente tallado y pulseras gruesas o finas que iban de los más sencillos diseños hasta los más ornamentados.

Entonces, la vio.

¡No! Era imposible. La sorpresa la dejó totalmente inmóvil. El deseo de negar lo que veía era tan intenso que tuvo que cerrar los ojos porque estaba segura de que se lo estaba imaginando. La pulsera que acababa de ver en aquella vitrina fácilmente podría ser la suya.

Abrió los ojos y vio que seguía allí.

Debía de ser la suya, ¿no? Si no lo era, se trataba de una pieza absolutamente idéntica.

Un tesoro. Ella siempre había creído que no era más que una baratija. De hecho, esperaba que no fuera más que una baratija, algo que su trastatarabuela había comprado en un mercadillo en algún lugar a lo largo de sus viajes.

Dios...

Leyó la inscripción que acompañaba a la pieza:

Pulsera de piedras preciosas y oro con incrustaciones de rubíes, zafiros, esmeraldas y lapislázuli del siglo XIX. Según el informe del joyero, se trataba de dos pulseras idénticas que se realizaron como regalo para la favorita del sultán. Se desconoce la identidad de la favorita y el paradero de la segunda pulsera.

Un escalofrío le recorrió la espalda, combinado con el shock, la sorpresa y el miedo que la inmovilizaron por completo en el sitio. Ella conocía el paradero de la segunda pulsera. Estaba escondida en un bolsillo de su mochila en el dormitorio que compartía con Kadar.

En la habitación que la fallecida Amber había compartido con el sultán. Allí mismo.

Acababa de descubrir lo que le había pasado a su trastatarabuela en los años en los que estuvo desaparecida. Había estado allí, en aquel mismo lugar. Cinco generaciones después, Amber había seguido sus pasos hasta el mismo sitio.

La favorita del sultán nada menos. Las pulseras habían sido un regalo de su amante. La antepasada de Amber se llevó una de las pulseras a Inglaterra y dejó la otra allí, con él.

Sin embargo, ¿por qué decidió marcharse a Inglaterra si estaba enamorada del sultán?

Había demasiadas preguntas sin respuesta, demasiadas cosas que aún quería saber. Examinó cuidadosamente la vitrina para ver si encontraba algo más que le diera alguna pista. Nada. Solo el brillo de las piedras de colores, que en realidad eran piedras preciosas.

Tras darse cuenta de que lo que ella había considerado una baratija era en realidad una valiosa antigüedad turca, se le ocurrió un pensamiento escalofriante. ¿Cómo iba a poder marcharse del país con ella? Seguramente la encontrarían y pensarían que ella...

—¿Qué es lo que has encontrado?

Amber se sobresaltó. No se había dado cuenta de que él había terminado su llamada y mucho menos que la estaba observando. ¿Cuánto tiempo llevaría allí? Durante unas décimas de segundo, pensó en contarle toda la verdad. Sin embargo, no tardó en recordar que él nunca había confiado en ella. Desde el principio, había estado buscando un motivo para demostrar que ella era una ladrona. Daría por sentado que la había robado de algún modo. Era mejor que no lo supiera. Y mejor aún que jamás lo descubriera.

–Unas joyas preciosas –dijo encogiéndose de hombros mientras se alejaba de la vitrina.

–Muéstramelas.

–No es nada –repuso. Deseaba marcharse de allí lo antes posible–. Quiero ver lo que hay en las vitrinas del otro lado.

Por primera vez en días, Kadar presintió que ocurría algo. No necesitaba que ella le mostrara nada. La había visto observando una pieza en particular. Había sido testigo de su inmovilidad, de su intensa concentración, del modo en el que había apretado los puños como si estuviera tratando de refrenar el impulso de llevarse la joya.

Se sintió profundamente desilusionado. Había empezado a creer que debía de haberse equivocado con ella y que, seguramente, la había juzgado mal.

Sin embargo, allí estaba ella, con los ojos llenos de avaricia y los dedos nerviosos de excitación. ¿Por qué debía sentirse desilusionado? Siempre la había considerado una ladrona. ¿Cuándo había cambiado de opinión?

La noche anterior. Cuando le soltó las manos y ella no las apartó tras tocarle las cicatrices. Cuando no había reaccionado con horror al tacto. Le había gustado poder abrazar a una mujer de ese modo, sentir cómo ella lo abrazaba. Le había gustado sentir a Amber de ese modo.

No había habido milagro. No se había olvidado de sus cicatrices, pero, por una vez en su vida mientras hacía el amor con una mujer, no le habían importado.

Observó cómo Amber se dirigía al otro lado de la vitrina, examinando su contenido con toda inocencia. No obstante, se sentía la tensión en los ojos y en la boca.

¿Qué estaba pensando en aquellos momentos?

Ella levantó la mirada y le dedicó una de sus deslumbrantes sonrisas, que eran capaces de encenderlo inmediatamente. El cuerpo de Kadar respondió del único modo que sabía.

¿Qué era lo que tenía aquella mujer? Se habían pasado días y noches juntos y aún sentía la atracción de su cuerpo sobre el suyo. Aún sentía hambre de ella como le había ocurrido la primera vez que la vio, en el Bazar de las Especias.

Por primera vez en su vida, quiso estar equivocado. No quería que ella fuera una ladrona. No quería que alguien así fuera capaz de gustarle.

Su teléfono volvió a sonar y, tras mirar la pantalla, volvió a excusarse. Sabía que, aunque ella quisiera hacer algo, no podría. Los sistemas de seguridad de aquel lugar no eran tan sofisticados como los de los palacios de Estambul, pero Amber no podría robar nada.

«Tres días más», se dijo. Tres noches más para disfrutar de ella. Después, Amber se marcharía y su vida volvería a la normalidad.

¿Por qué ese pensamiento no consiguió que se sintiera mejor?

Cuando Kadar la llevó a la cama aquella noche, ella no pudo evitar pensar en la Amber que había dormido allí antes que ella. La que habría recorrido aquellas salas y habría observado las constelaciones de estrellas desde la cama. Sentía la presencia de su antepasada en cada lugar que miraba.

¿Habrían ardido los ojos del sultán al mirarla igual que ardían los de Kadar al mirarla a ella? ¿La habrían adorado sus manos al desnudarla, convirtiendo su tacto en un delicioso asalto para los sentidos de su amante?

Aquella noche, ella no disfrutó de ningún delicioso asalto ni se repitió el tierno encuentro de la noche anterior después de los fuegos artificiales. Hicieron el amor frenéticamente, pero ella estaba tensa, más pendiente de los temores que la atenazaban y del fantasma de su trastatarabuela, que parecía susurrarle en la oscuridad.

Kadar también estaba tenso. Se hundió en ella con desesperación, una y otra vez, casi como si la estuviera castigando. O como si se estuviera castigando a sí mismo.

A pesar de la tensión, vibraba de expectativas, como si estuviera esperando a que algo lo cambiara todo. Se encontraban en una habitación llena de ratoneras y de fantasmas. Todo parecía girar en torno a los temores de Amber. Kadar. El amor. Una pulsera que, de algún modo, debía llevarse de nuevo a casa.

«El amor».

Ese era su mayor temor.

Kadar seguía moviéndose dentro de ella, con el cuerpo cubierto de sudor, transportando el cuerpo de Amber inexorablemente en una dirección. La presión fue acrecentándose dentro de ella hasta que la mente no tuvo más remedio que dejar de pensar y dejarse llevar. Se olvidó de todo lo que había estado pensando hasta entonces y se concentró en las sensaciones. No alcanzó el clímax por el grito que él lanzó al verterse dentro de ella. No fue un grito de victoria, sino de angustia que desgarró el corazón de Amber. Se le llenaron los ojos de lágrimas, unas lágrimas de miedo y de un amor que jamás podría ser.

—Amber... ¿te he hecho daño? —susurró él tomándola entre sus brazos con una enorme ternura, que contrastaba profundamente con el modo en el que le había hecho el amor.

—No...

Kadar le dio un beso en la frente, en la punta de la nariz y en la barbilla antes de hacerlo en los labios muy brevemente.

—Entonces, ¿qué te pasa?

—Nada. Todo.

Kadar le apartó el cabello del rostro, que le había tapado parcialmente por el frenesí del apasionado acto sexual.

—¿Qué quieres decir?

—No es nada —susurró ella tratando de contener las lágrimas—. De verdad. No es nada.

—Perdiste tu viaje y tu dinero, pero no lloraste. No me pareces la clase de persona que llora por nada.

Amber no podía hablarle de su amor ni de la pulsera que tenía escondida en la mochila. No podía admitir sus miedos por ambas cosas. Como no se le ocurrió nada que pudiera explicar sus lágrimas, se lamió los labios y dijo:

—Había una razón por la que elegí Turquía para venir de viaje, algo sobre lo que no te he hablado. Algo que no me pareció importante contarte.

Le habló de su trastatarabuela. Le contó el viaje que ella realizó hacía más de ciento cincuenta años desde su hogar, en un pueblecito de Inglaterra. Le dijo también que desapareció sin dejar rastro y le explicó cómo reapareció, milagrosamente, cinco años más tarde, cuando su familia había asumido ya que la había perdido para siempre por trata de blancas, esclavitud o algo peor aún.

Kadar escuchó atentamente cuando ella le habló del diario que encontró en la buhardilla, el diario en cuyas páginas había leído las descripciones de exóticos lugares. Amber le habló también de las páginas que faltaban, que habían sido arrancadas del diario como si la historia de su antepasada fuera tan escandalosa que hubiera sido necesario destruirlas.

–¿Qué le ocurrió?

–Terminó casándose con un hombre del pueblo y tuvo muchos hijos y una larga vida. Sin embargo, por lo que yo sé, no volvió a viajar nunca más.

–Entonces, ¿por qué las lágrimas?

–Cuando elegí Turquía, vine buscándola a ella. Quería ver los lugares que la habían fascinado y seguir sus pasos. Sé que te parecerá extraño, pero me siento muy cerca de ella aquí, en este lugar.

–¿Aquí?

–Lo sé. Es una locura –admitió mientras se secaba las mejillas con la mano–. Tal vez es porque me voy a marchar pronto a casa, pero es como si hubiera encontrado algo de ella. Una imagen de donde estuvo o, al menos, de lo que experimentó y vio.

–Deberías habérmelo dicho antes. Podríamos haber ido a ver algunos de los lugares que a ella tanto le gustaron.

–No creí que te interesara –dijo ella. No había querido decírselo–. Además, no era como si fuéramos amigos y estuviéramos juntos de vacaciones.

Amber no podía olvidar que ella había sido una imposición para él. Una imposición de conveniencia, dado que Kadar nunca había ocultado que disfrutaba haciéndole el amor.

La estrechó entre sus brazos con un suspiro.

–Tal vez eso sea cierto, pero no sé por qué lloras sobre eso ahora.

—Ya te dije que no era nada.

—Pensaba que te había hecho daño —susurró él tras darle un beso en lo alto de la cabeza.

—No —le aseguró ella mientras las pequeñas estrellas de las constelaciones que había sobre la cama parecían guiñarle un ojo.

«Eso vendrá más tarde».

Capítulo 12

EL VUELO de regreso a Estambul transcurrió sin novedad. Las pequeñas turbulencias que sufrieron al pasar por las montañas no eran nada comparadas con las que sacudían el interior del cuerpo de Kadar.

Los días que pasaron en Burguk habían sido algunos de los mejores de su vida. Días maravillosos seguidos de noches mágicas en el Pabellón de la Luna en compañía de una mujer cuya sonrisa era capaz de superar la luminosidad del sol y de las estrellas.

Sin embargo, los últimos... La miró sentada junto a él. Tenía los ojos cerrados y, sin embargo, aun así se adivinaba la tensión que parecía atenazarla como una nube oscura.

¿Qué era lo que le preocupaba?

Amber sonreía cuando veía que Kadar la estaba mirando, pero, si no, se mostraba nerviosa. Llevaba así desde la noche que se echó a llorar. ¿Por la historia de su antepasada?

¿Por qué no se lo había contado todo antes? Era cierto que al principio no habían estado muy unidos. ¿Por qué había sentido su presencia allí más que en Estambul, donde era más probable que su antepasada hubiera estado?

Algo no encajaba. Le preocupaba a ella y hacía que Kadar se preocupara también.

Suspiró y se reclinó en su butaca. Menos mal que ella se marchaba muy pronto. Había sido una agradable distracción, pero estaría bien poder concentrarse por fin en sus negocios y en su vida sin tener que preocuparse de las necesidades de una invitada.

La echaría de menos cuando se marchara.

Por eso, menos mal que se iba.

Amber se acurrucó en el asiento del avión. No podía dejar de pensar. Había ido a Turquía buscando el rastro de la aventura de su antepasada, pero jamás se había imaginado que encontraría pruebas tan claras sobre ella.

Amber Braithwaite había estado en el Pabellón de la Luna, se había puesto pulseras diseñadas para la favorita del sultán. Debió de resultarle muy difícil regresar a la vida de Inglaterra después de tal aventura. Debió de resultar muy difícil que su familia la entendiera.

Pensó en las páginas que faltaban del diario. ¿Las habría arrancado alguien porque relataban las escandalosas aventuras de una mujer que jamás podrían hacerse públicas?

«Sigue tu corazón».

Jamás podría responder todas las preguntas. Nunca sabría cómo su antepasada había terminado en el Pabellón de la Luna, por ejemplo, pero jamás se arrepentiría de haber ido allí. Ocurriera lo que ocurriera a continuación. Había averiguado dónde había pasado esos cinco años su intrépida antepasada, en el lugar en el que había amado a un hombre que jamás podría pertenecerle.

Nunca antes se había sentido tan cerca de ella. Sentía que eran como hermanas nacidas con cuatro generaciones de separación. Ella también había seguido su corazón y lo había perdido.

Al sentir una fuerte turbulencia, cerró más fuertemente los ojos.

–Tranquila –le dijo Kadar colocándole una mano en el brazo.

Deseó que pudiera ser posible.

Se marchaba. Estaba haciendo las maletas minutos antes de irse al aeropuerto para tomar un avión que la llevara a casa. Kadar estaba frente a las ventanas de su apartamento, observando el mar.

Debería sentirse aliviado. Quería sentirse aliviado. Sin embargo, se sentía... intranquilo. En los días y noches que habían pasado juntos, se había acostumbrado a tenerla a su lado. Le gustaba tenerla a su lado.

De repente, comprendió que la echaría de menos. Sus ojos. Su sonrisa. El modo en el que gozaba al alcanzar el clímax. A pesar de la desconfianza inicial, había muchas cosas de Amber que le gustaban. Más allá de mirar con mucho interés las joyas, no había hecho nada de lo que él pudiera encontrarla culpable.

De todos modos, no importaba que se hubiera equivocado sobre ella. Amber regresaba a casa. No se volverían a ver nunca. No obstante, él había cumplido la promesa que le había hecho a la *polis* y había logrado que ella no volviera a causar más problemas mientras estuviera en el país.

Se revolvió el cabello con la mano y se apartó de la ventana. No hacía más que repetirse que Amber no significaba nada para él. La echaría de menos cuando ella se hubiera marchado. Se estaba dando cuenta de que, cuanto menos faltaba para que ella se marchara, más intranquilo y nervioso se ponía él.

Seguramente se debía a los buenos días que habían pasado juntos. De hecho, habían sido los mejores días de su vida, que se verían seguidos por una vida sin Amber.

Sin poder evitarlo, pensó que era como contemplar la vida sin el sol. Inimaginable. Sin embargo, eso era lo que le esperaba si la dejaba que se marchara sin oponer resistencia. Una vida llena de días vacíos, de mujeres a las que les horrorizaban sus cicatrices y que agradecían no tener que tocarle la piel. Una vida llena de breves encuentros sin significado alguno.

Era un necio. No solo iba a echarla terriblemente de menos, sino que no quería que se marchara. Perplejo, comenzó a andar de arriba abajo por el salón. ¿Qué era lo que estaba sintiendo? ¿Qué le pasaba? De repente, quería que sus días estuvieran llenos de Amber. Quería pasar su vida con ella.

Sintió un agudo dolor en el pecho y la frente se le llenó de sudor al darse cuenta de un sentimiento que negó tan rápidamente como lo comprendió.

Se suponía que no debía enamorarse. Se suponía que no debía amar a nadie y, sin embargo, Amber había conseguido que todas las reglas por las que había regido su vida durante años dejaran de tener significado.

Porque la amaba.

Tenía que impedir que se marchara. No podía dejar que se fuera así de su vida. Tenía que hacer algo.

Pero ¿y si ella no quería quedarse? ¿Y si ella no sentía nada? Después de todo, le había dicho que no estaba buscando el amor.

Pensó en los últimos días que pasaron juntos. En esos días, había algo que la preocupaba y que no había querido compartir con él. Al final, le había contado la historia de su antepasada porque necesitaba decirle algo que explicara sus lágrimas. Tal vez no podía contarle la verdadera razón. Tal vez tampoco deseaba regresar a casa...

¿Tendría una posibilidad? ¿Sentía ella algo por él? ¿Sería posible que se hubiera enamorado de él? No sabía mucho del amor, pero le parecía lógico que ella quisiera ocultarlo, sobre todo después de que él le hubiera dejado muy claras sus intenciones para el futuro en lo referente a las relaciones con las mujeres.

Miró hacia el dormitorio, donde ella estaba terminando de recoger sus cosas, cuando le sonó el teléfono móvil. Era su chófer, para informarle de que estaba a punto de llegar para llevar a Amber al aeropuerto.

Tenía que hablar con ella. ¿Querría ella escuchar lo que él tuviera que decir? Kadar decidió que, en resumidas cuentas, no importaba.

Tenía que intentarlo de todos modos.

Su estancia en Turquía estaba a punto de finalizar. Amber terminó de recoger sus cosas. Ya estaba preparada para el vuelo que la llevaría de vuelta a casa a última hora de la tarde. Lo que le preocupaba era la pulsera. ¿Dónde podía meterla? ¿En el equipaje que facturaría y arriesgarse a que se la robaran y que la detectaran en los rayos X o meterla en el de mano y prácticamente garantizarse que la descubrieran? Lo más probable era que las máquinas de rayos X la detectaran de todos modos. ¿Por qué no la había dejado en casa?

No tenía ni idea de nada. Ese había sido su problema desde el principio. No saber nada le había causado problemas con el anciano de las monedas. No saber nada le había hecho llevarse a Turquía una pulsera que debería haber dejado en casa.

Se sentó en la cama con la pulsera entre las manos. Se la puso en la muñeca y vio cómo relucía bajo la luz. Entonces, sonrió al pensar en su valiente antepasada y se la imaginó mirando aquellas mismas gemas, regalo de un sultán...

–Amber, antes de que te vayas...

La voz de Kadar irrumpió en sus pensamientos. Instintivamente, se colocó el brazo a la espalda.

–Ya casi he terminado.

Él se detuvo en seco y comenzó a mirar a Amber con sospecha. Ella sintió que le daba un vuelco el estómago.

–¿Va todo bien?

–Claro. Solo me quedan unas cuantas cosas por recoger. Yo... estaré contigo en un minuto.

Kadar no hacía más que mirar el brazo que ella tenía a la espalda. Amber no se atrevía a moverse y se maldijo mil veces por el impulso que la había llevado a ponerse el brazo en la espalda.

–¿Qué tienes ahí?

–Nada.

–No es cierto. Tienes algo –dijo él acercándose–. Te daré otra oportunidad de que me lo digas. ¿Qué es lo que tienes a la espalda?

Amber sintió que un escalofrío le recorría la espalda. Como sabía que la mejor forma de defensa era el ataque, se puso de pie y se alejó de él tras colocarse el brazo sobre el pecho.

–No es nada que te concierna. Ni nada de lo que debas preocuparte.

Kadar la siguió hasta la ventana.

–¡Muéstramelo!

–¡No!

–¿Por qué no?

–¡Porque pensarás lo peor de mí! ¡Porque sacarás conclusiones como siempre haces!

–¿Tengo que tirarte del brazo para verlo por mí mismo?

Amber sintió que se le llenaban los ojos de lágrimas de ira. Desgraciadamente, al estar entre la ventana y Kadar no podía escapar de ninguna manera.

–¿Por qué, por una vez, no puedes confiar en mí?

–¿Cómo voy a poder hacerlo cuando me ocultas algo que sabes que me enojará? Y me pregunto por qué lo sabes. Tal vez porque demuestra todo lo que he pensado siempre de ti.

Amber lo miró por encima del hombro y vio el rostro airado de Kadar. No quería que él se enfadase, pero lo haría. Sabía que no podría evitarlo.

–Está bien. Te lo mostraré –dijo–, pero antes de que lo haga, tienes que saber que este objeto me pertenece. Tienes que recordarlo. Es mío.

Cuando Amber le enseñó la muñeca, Kadar vio que se trataba de la pulsera, la que la había visto observando con tanta atención en la vitrina del Pabellón de la Luna.

–¿Cómo la has conseguido? ¿Cómo conseguiste robarla? –le preguntó.

Se sentía completamente estúpido. Había ido al dormitorio para decirle que no podía soportar la vida sin ella. Para pedirle que se quedara y decirle que la amaba. Y se había encontrado con aquello... No se podía imaginar cómo había podido enamorarse de ella cuando, desde el principio, había sabido que era una ladrona.

–¡No la he robado!

–Dámela.

–¡No! ¡Ya te he dicho que esta pulsera es mía! –exclamó ella sujetándose el brazo contra el pecho. Estaba temblando y tenía los ojos llenos de miedo.

–Es la pulsera que estabas mirando en la vitrina del Pabellón de la Luna. La viste, te gustó y la robaste.

–¡No! Parece la misma, lo sé, pero es de mi trastatarabuela. Te hablé de ella, ¿recuerdas? Desapareció cinco años y, cuando vi la pulsera en la vitrina, me quedé atónita. La había encontrado. Encontré el lugar donde había estado mi antepasada.

Kadar soltó una carcajada.

–Sí, claro que me acuerdo. Me hablaste de ella después de que hubieras visto la pulsera y decidieras robarla. Fue una invención para tener una excusa en caso de que te sorprendieran con ella.

–¡No! Es la verdad. Era su pulsera. La encontré con su diario cuando estaba ayudando a limpiar la buhardilla de mi abuela.

–En ese caso, muéstrame el diario.

–No lo tengo. No lo traje.

–¿Y sí que trajiste la pulsera?

–¡El diario es demasiado frágil! No habría sobrevivido al viaje.

–Qué conveniente...

–¡Es la verdad! Haz que lo comprueben en el Pabellón de la Luna. Llama a alguien y que lo compruebe. La pulsera sigue allí, te lo juro. La tarjeta explicativa decía que, en un principio, eran dos pulseras que se hicieron para la favorita del sultán. Amber debió de ser esa favorita. Se llevó esta a Inglaterra con ella y dejó la otra, aunque no sé por qué.

–Claro. Sigo esperando –añadió él con la mano extendida.

–¿No leíste lo que decía? ¿No viste la tarjeta?

Kadar sacudió la cabeza, sorprendido por el descaro de Amber y por su propia estupidez. Había estado a punto de creer que había algo de verdad en lo que ella había dicho. Quería creer lo que ella le decía. ¡Qué necio había sido!

–¿Cuánto tiempo te llevó tejer ese ovillo de mentiras? ¿Te las inventaste en el mismo momento o lo pensaste todo antes de que vinieras, para así estar preparada cuando te pillaran? ¿Formaban parte del plan las lágrimas?

–¡Te digo que es verdad!

–¡Mientes! Por última vez, dame esa pulsera.

Amber se arrancó la pulsera del brazo y se la entregó.

–Te ruego que me escuches, Kadar. Tienes que creerme.

–¿Creer las mentiras de una ratera? Todo el que creyera en ti sería un idiota y yo estuve a punto de hacerlo. Estuve a punto de pensar que me había equivocado contigo. Creí que eras alguien especial, ¿sabes? Soy un imbécil.

Ella parpadeó con los ojos llenos de lágrimas.

–No me puedo creer que seas tan estúpida. Te dije que era ilegal comerciar con las antigüedades turcas y, a pesar de todo, no pudiste contenerte. Recoge tus cosas. Mi chófer te llevará al aeropuerto. La única razón por la que no te llevo a la comisaría más cercana es porque estoy harto de verte y de oírte, siempre fingiendo inocencia cuando no eres nada más que una ratera. Cuanto antes te vayas, mejor.

–En ese caso, llévame a la *polis*. Llévame y yo se lo explicaré todo...

–¿Y a quién crees que iban a creer? ¿A ti, a quien ya conocen por tratar de comprar monedas antiguas, o a mí? Antes de que te des cuenta, estarás en la cárcel. Puedes estar agradecida de que te deje marchar.

–Está bien –le espetó ella. Sacó un cuaderno y un bolígrafo de su bolso–. Compórtate como un canalla. Eso es lo que se te da mejor –añadió. Entonces, escribió su nombre y su dirección en un trozo de papel y se lo arrojó a la cara–. Cuando me haya ido y descubras el error que has cometido, aquí es donde me puedes mandar la pulsera.

Kadar lo atrapó, lo arrugó en la mano y lo arrojó al suelo.

–Creo que los dos sabemos que no voy a necesitar dirección alguna.

Capítulo 13

KADAR permaneció dos días enteros en su apartamento, recordando constantemente la ausencia de Amber. Ella ya no estaba allí, pero la veía de todas formas. Sin embargo, tras dos días de tortura, decidió que todo había terminado. Había hecho lo correcto, estaba seguro. Se había cortado el miembro gangrenado y se había cauterizado la herida. Ya estaba. ¿Por qué seguía de tan mal humor?

Porque seguía furioso consigo mismo. Porque Amber le había mentido y él había estado a punto de creérselo todo. Casi se había creído que ella era alguien especial y que no podía dejarla marchar.

Una noche de insomnio, a las tres de la mañana, comprendió la verdad. Era un estúpido, pero no porque la hubiera dejado marchar, sino porque con Amber había creído lo imposible. Había estado convencido de que era posible para él sentir el amor hacia una mujer. Amor hacia Amber. Había sido un necio. Había permitido que una mentirosa y una ladrona le robara el corazón. No obstante, decidió que debía estarle agradecido.

Tal vez lo que necesitaba era un cambio de ambiente.

Pensó en ir a visitar a sus amigos, pero no quería que Zoltan o Bahir se olieran lo que había pasado. Prefería no tener que confesar nada.

En cuanto a Rashid, nadie sabía dónde estaba en

aquellos momentos, lo que era una pena. Le habría ido bien hablar con otro soltero empedernido.

Decidió que iría a visitar a Mehmet. Tal vez una visita a su viejo amigo le ayudaría a mejorar el estado de ánimo.

Mehmet estuvo encantado de recibirle.

—Te he traído té de manzana y algunos dátiles. ¿Te apetece té ahora o preferirías un café?

—Me alegro de verte, amigo —dijo Mehmet. Entonces, inclinó la cabeza para escuchar mejor—. ¿Estás solo?

—Claro que estoy solo.

—¿Y tu amiga?

—Amber se marchó hace dos días.

—Vaya, lo siento mucho. Me gustaba tu mujer.

—Jamás fue mi mujer. Prepararé el té —anunció Kadar.

Se marchó a la cocina sin poder de dejar de pensar en Amber y en lo estúpido que él había sido. De hecho, hasta Mehmet había tenido suerte de que ella no se hubiera llevado algo que le pertenecía. Ese pensamiento le hizo recordar que aún no había devuelto la pulsera al Pabellón de la Luna. Resultaba extraño que nadie la hubiera echado de menos.

Sirvió el té y los dátiles y lo llevó todo al salón.

—Los dátiles están justo como te gustan. Maduros y jugosos.

—Excelente —dijo Mehmet mientras tomaba uno—. Eres muy bueno con un anciano.

Kadar sabía que solo estaba devolviéndole una mínima parte de lo que él le había dado. Sonrió. Había hecho bien en ir a ver a Mehmet. Ya se sentía mejor.

—Como te he dicho —añadió Mehmet—, siento que tu amiga se haya marchado.

—Sí, ya me lo has dicho —respondió Kadar. Había decidido ocultarle la verdad. El anciano no tenía por qué saber lo ocurrido.

–¿Crees que volverás a verla?

–No –afirmó rotundamente–. Creo que no hay posibilidad alguna. Vive demasiado lejos.

–Vaya, pues lo siento. Estaba esperando poder mostrarle una cosa que he encontrado. ¿Cómo lo va a ver ahora?

–¿Qué es lo que has encontrado? –le preguntó Kadar, sin mucho interés.

–Recordé después de vuestra visita por qué ella me resultaba tan familiar.

Kadar se tensó al escuchar aquellas palabras y pasó a dedicarle toda su atención.

–¿Familiar? No me lo habías dicho antes.

–No estaba seguro. Mi cabeza no es la que solía ser. Fue el nombre lo que me llamó la atención. Un nombre poco frecuente. Entonces, me acordé.

Se giró a un lado y revolvió algunas cosas que tenía sobre una mesa mientras Kadar esperaba.

–Ah –dijo Mehmet por fin. Recogió algo, pero era demasiado pequeño para que Kadar distinguiese de qué se trataba. Entonces, lo acarició insistentemente con las yemas de los dedos–. Sí, estoy seguro –añadió antes de ofrecerle el objeto a Kadar–. ¿Qué te parece a ti?

Kadar tomó el objeto que Mehmet le extendía. Se trataba de un pequeño disco ovalado. Pronto descubrió que Mehmet no se había equivocado.

Era ella, aunque su cabeza le decía que era imposible.

Era ella. Era el perfil de Amber, tallado sobre madreperla. Lo peor de todo era que aquel camafeo no parecía moderno, sino antiguo.

–¿De dónde has sacado esto?

—Me lo dio mi padre.

—Pero si es ella. Es Amber.

—¡Lo sabía! —exclamó Mehmet muy contento—. A mí me pareció lo mismo. Por eso te pregunté si ella había estado antes en Estambul. Estaba seguro de que había visto sus rasgos antes. Y había sido aquí, en este camafeo.

Kadar se puso aún de peor humor. Estaba empezando a considerar la posibilidad de que lo que Amber le había contado contuviera parte de verdad. Y no quería admitirlo, porque si lo hacía se vería obligado a admitir también que se había equivocado en lo de la pulsera.

Sin embargo, si no era una ladrona...

—¿Te dijo tu padre quién era esta mujer?

—Me contó una historia, que no está escrita en los anales de la corte ni en los del harén. Me dijo que hubo una mujer que venía de Occidente, de cabello rubio y ojos azules, a la que encontraron vagando sola y perdida. Estaba muy enferma, con fiebre. Parecer ser que el grupo con el que viajaba fue asaltado. Les robaron los caballos y los camellos y los guías pudieron ser asesinados. Nadie lo sabía —Mehmet hizo una pausa y dio un sorbo de té—. La llevaron al Pabellón de la Luna, donde dio la casualidad de que el sultán estaba de visita. Como el harén estaba en palacio, no lo acompañaba ninguna mujer. Sin embargo, él acogió a la mujer y, cuando se recuperó, la convirtió en su esposa secreta del desierto. Como él debía vivir en palacio, no iba a visitarla con mucha frecuencia, pero, con el tiempo, ella dio a luz una hija. Por suerte. Su existencia ya se conocía y, si hubiera dado a luz a un niño, lo más probable hubiera sido que ambos hubieran sido asesinados. Su presencia se toleraba solo porque no tenía impacto alguno en la sucesión. De todos modos, la niña murió. Un año más tarde, el sultán también falleció. Dejó instrucciones para que ella pudiera volver a su casa, porque sería demasiado peligroso para ella quedarse en Turquía. Mi padre se ocupó de cumplir las órdenes del sultán. Ella se lo agradeció regalándole ese broche antes de montarse en el barco que debía llevarla a su casa.

Kadar se sentía completamente incrédulo.

—¿Y cómo se llamaba esa mujer?

—La llamaban Kehribar.

Kadar cerró los ojos. Kehribar era la palabra que en turco significaba «ámbar». Amber. Tenía que ser una coincidencia.

—¿Se llevó algún recuerdo cuando se marchó?

—Sí —asintió Mehmet—. Se me había olvidado. ¿Cómo se te ha ocurrido hacerme esa pregunta? El sultán le regaló dos pulseras idénticas, realizadas especialmente para ella. Kehribar le pidió a mi padre que colocara una de ellas en la tumba del sultán, como recuerdo eterno de ella, mientras que se quedó con la otra. Como no se toleró aquel deseo, llevaron la pulsera al Pabellón de la Luna, donde sigue estando hoy.

Así era. Dos pulseras. La descendiente de Kehribar había regresado a Turquía con esa pulsera. Y él la había acusado de robarla. Amber había estado diciendo la verdad desde el principio.

—Amber me contó una historia —dijo, a duras penas—. Una antepasada suya vino a Turquía y desapareció para reaparecer en la casa de su familia cinco años más tarde. Cuando la vi con una pulsera de oro y piedras preciosas, le dije que estaba mintiendo. Le dije que la había robado del Pabellón de la Luna.

—¿Y lo comprobaste?

—No —admitió él. Ya estaban en Estambul y a él le había parecido que no era necesario, convencido de que Amber le estaba mintiendo.

Después, no había tenido prisa alguna por comprobarlo, seguramente por miedo a descubrir que ella había estado diciendo la verdad desde el principio.

–Me equivoqué –añadió–. Jamás he estado más equivocado. Sin embargo, lo peor de todo es que la ofendí, Mehmet.

El anciano suspiró.

–¿Y qué es lo que tienes que hacer ahora, mi joven amigo?

Kadar no tenía ninguna duda.

–Sé lo que debo hacer. ¿Me puedo llevar el camafeo?

–Debes hacerlo –afirmó Mehmet–. Después de todo, le pertenece por derecho.

Capítulo 14

AMBER iba a tener que buscarse un nuevo piso. Acababa de ducharse y, tras ponerse una fresca y veraniega bata de seda, estaba sentada en el comedor de la casa de sus padres. Se había refugiado allí después de su ruptura con Cameron, pero tendría que buscarse un lugar suyo rápidamente. En especial porque todo el vecindario sabía ya que estaba allí y conocían la razón. Estaban demasiado pendientes de ella y eso le molestaba. Todos pensaban que estaba aún muy afectada por lo ocurrido y, efectivamente, daba esa impresión. Tenía ojeras y parecía muy triste y disgustada. ¿Cómo podía decirles que no había vuelto a pensar en Cameron desde que un dios de ojos oscuros irrumpió en su mundo, poniéndolo patas arriba? ¿Cómo podía explicarles que su pena estaba causada por algo completamente diferente, algo, en realidad, mucho peor?

En el transcurso de unos pocos días con sus noches y, en contra de lo que dictaba el sentido común, se había enamorado de Kadar. Y él la había rechazado y la había echado de su vida y de su país como si fuera una delincuente.

Debería odiarlo por eso, por no creerla y por arrebatarle su valiosa pulsera. Y así era. Sin embargo, el sentimiento predominante cuando pensaba en él era el de pena por algo perdido.

Estaba repasando los anuncios del periódico para ver si encontraba un apartamento cuando sonó el timbre.

Estaba sola en casa, por lo que se levantó y se dirigió hacia la puerta. Al abrirla, su mundo pareció detenerse en seco. Era imposible...

Parpadeó pensando que debía de habérselo imaginado, pero, cuando volvió a abrir los ojos, él seguía allí. Kadar.

—¿Cómo me has encontrado? —le preguntó mientras el corazón le latía con fuerza en el pecho.

—Estaba en la comisaría, ¿recuerdas?

—¿Y te acordabas?

Los ojos de Kadar no revelaron nada más.

—¿Puedo entrar?

Amber se mantuvo inmóvil, medio oculta detrás de la puerta. Deseó haberse terminado de vestir y haberse peinado. No obstante, decidió que no tenía nada de lo que esconderse. Estaba en su terreno.

—¿Por qué? ¿Qué es lo que quieres? ¿Acaso has venido a devolverme mi pulsera?

—Sí.

—¿Y por qué has tardado tanto? —le espetó.

—¿Podemos hablar de esto dentro de la casa?

Amber lo observó durante unos instantes. Estaba más guapo que nunca, alto e imponente, con un polo de manga corta y unos chinos. Se imaginó que todos los vecinos estarían pendientes de la escena y decidió que lo mejor que podía hacer era dejarle pasar. Después de todo, había ido a Australia para devolverle su pulsera.

Se hizo a un lado para franquearle la entrada. Después, le indicó que entrara en el salón. Era una estancia perfectamente adecuada para sus padres, sus hermanos y para ella, pero, de repente, parecía demasiado pequeña para los dos.

—¿Dónde está mi pulsera? —le preguntó ella para romper el incómodo silencio.

Kadar se sacó una bolsita de raso del bolsillo y extrajo la pulsera. La había mandado pulir y el oro y las piedras preciosas relucían como si fueran nuevas.

—Comprobaste que la otra pulsera estaba en el Pabellón de la Luna, ¿no?

Kadar tuvo que contenerse para no tomarla entre sus brazos. Con el cabello revuelto y aquella bata, parecía lista para meterse en la cama y aquello era algo que él anhelaba tanto... Sin embargo, después de lo que había hecho, no tenía ningún derecho a nada.

—Sí, pero supe la verdad mucho antes.

—¿Cómo?

—Mehmet me contó una historia de una joven a la que encontraron perdida y sola. Se convirtió en la favorita del sultán allí mismo, en el Pabellón de la Luna.

—Lo sabía... lo sabía. La sentí allí —susurró Amber mientras estrechaba la pulsera contra su pecho con mucha fuerza.

—La habían abandonado y se encontraba sola, sin rastro de guías ni del resto del grupo. El sultán la acogió y se aseguró de que cuidaran de ella. Al final, terminaron convirtiéndose en amantes. Y esto —añadió mientras le ofrecía el camafeo—, es lo que lo demuestra sin duda alguna.

Amber extendió la mano. Al ver de qué se trataba, abrió los ojos de par en par.

—¡Dios mío! —exclamó. Tuvo que sentarse para no caerse—. Podría ser yo.

—Lo sé.

Kadar le contó con todo lujo de detalles la historia que Mehmet le había relatado. Su vida con el sultán, la hija que murió, la razón por la que tuvo que regresar a Inglaterra... Amber escuchaba atentamente, sorprendida, maravillada y abrumada a la vez. Fue a Turquía para tratar de emular los pasos de su antepasada y encontrar algún rastro de ella, pero había descubierto mucho más de lo que nunca hubiera creído posible. Su trastatarabuela había sido la favorita de un sultán. Y tenía pruebas de ello.

—Gracias por traerme estas dos cosas —susurró con los ojos llenos de lágrimas.

—No tienes que darme las gracias, Amber. Yo te arrebaté la pulsera. Te llamé ladrona. Te acusé de haberla robado. Aquel día te dije cosas horribles.

—Es cierto. Sabía que tarde o temprano descubrirías la verdad. De todos modos, no sabía si se me permitiría quedármela, dada su historia y su antigüedad. Estaba empezando a pensar que no volvería a verla.

—No debería habértela quitado nunca.

—Es verdad, pero ahora estoy muy contenta de volver a tenerla —dijo poniéndose de pie de nuevo—. Ahora que tengo el camafeo también, el misterio de la desaparición de mi antepasada ha quedado resuelto y ella es más real que nunca para mí. Solo por eso, debo darte las gracias.

—Amber, te debo una disculpa.

Ella asintió. Había estado haciendo un gran esfuerzo para no derrumbarse. Kadar ya había hecho lo que tenía que hacer y, cuanto más se quedara, más doloroso sería para ella. Incluso para él también. No quería explicaciones. Por lo tanto, lo mejor que podían hacer era seguir cada uno su camino. Le dedicó una tensa sonrisa.

—Disculpa recibida y aceptada. Te acompañaré a la puerta.

Amber ya estaba allí, con la puerta abierta. Sin embargo, Kadar no había movido ni un músculo.

—No pienso ir a ninguna parte —dijo—. Al menos, no antes de que te explique por qué estoy realmente aquí.

Capítulo 15

AL OÍR aquellas palabras, a Amber le dio un vuelco el corazón .

–Me has devuelto mi pulsera. He aceptado tus disculpas. ¿Qué más puede haber?

–Tengo una confesión que hacerte. Me equivoqué contigo.

–¿Qué parte de «disculpa recibida y aceptada» no entiendes? Por favor, Kadar. No quiero escuchar nada más. Sé por qué y cómo ocurrió. Tuviste razones de sobra para dudar de mí desde el primer día y pareció que me pillaste con las manos en la masa. Punto final.

–No. No tiene por qué ser así.

–No sé si quiero escuchar lo que tienes que decir –susurró. Tenía miedo de que no fuera lo que ella esperaba.

–Te ruego que me escuches. Entonces, si quieres, me marcharé. Sin embargo, al menos oye lo que te tengo que decir.

Le estaba suplicando, él, Kadar, el que estaba más acostumbrado a dar órdenes. ¿Qué significaba todo aquello? El corazón amenazaba con salírsele del pecho. Casi temía respirar.

–Tú dirás...

Kadar se acercó hasta la puerta y le tomó la mano, sosteniéndola casi con reverencia entre las suyas.

–En una ocasión, dijiste que no tenía nada que temer

de ti y yo te di la razón –dijo mirándola a los ojos–. Estaba equivocado. Tengo mucho que temer de ti. Tu sonrisa, tus ojos... –añadió mientras le acariciaba suavemente una mejilla con un dedo–. Aquel día en el Bazar de las Especias, firmé mi destino. Traté de rebelarme, de mantener las distancias, pero no pude. Me decía que cuidaba de ti por deber. No era así. Cuando te marchaste y descubrí lo que te había hecho, el corazón estuvo a punto de partírseme en dos.

–¿Y cómo crees tú que me sentí yo? ¡Me llamaste ladrona! ¡Me acusaste de robar mi propia pulsera! Ahora no tienes que decir cosas bonitas para tratar de hacer que me sienta mejor.

–¿Es eso lo que piensas?

–No sé qué pensar, Kadar. Me trataste como si fuera una delincuente y, de repente, te presentas aquí y admites que te habías equivocado y todo tiene que estar bien. Lo siento, pero no es así.

–Discúlpame. No se me da muy bien esto –murmuró él–. Lo que estoy tratando de decirte, Amber... lo que he venido a decirte es que... te amo.

Amber cerró los ojos. Se negaba a creer que aquello fuera cierto. Había anhelado tanto tiempo escuchar aquellas palabras...

–Eso es lo que dices ahora.

–Quería decírtelo antes. El día que te marchabas. No quería que te fueras. Quería que te quedaras. Pensé que podríamos tener la posibilidad de disfrutar de un futuro juntos. Me hiciste creer que lo imposible era posible. Yo había perdido a mi familia. Había desafiado a mi padre y había vivido cuando todos estaban muertos. No me merecía una familia. Me hiciste desear cosas que había perdido la esperanza de tener –suspiró–. Estaba a punto de decírtelo. Estaba a punto de decir lo único que jamás había podido decirle a nadie en toda mi vida. Entonces, al entrar en el dormitorio, te vi con la pulsera y me volví loco. Estaba furioso contigo y también conmigo mismo por haberme enamorado de ti. Cuando descubrí la verdad... –añadió revolviéndose el cabello con las manos–. Sé que tienes todo el derecho del mundo a decirme que me largue de aquí, pero quiero compensarte por todo lo que te he hecho todos los días que estemos juntos, todas las noches.

Amber parpadeó. El corazón le latía con fuerza.

«Sigue tu corazón».

Recordó las palabras de Amber Braithwaite. Sabía que era una locura perdonar a Kadar, pero su corazón le decía que sería una idiota si dejaba ir al hombre que amaba.

–¿Qué tratas de decirme? –susurró ella–. ¿Acaso el hombre que dijo que jamás se casaría me está pidiendo matrimonio?

–Sabía que no tenía derecho a pedirte nada –repuso él sacudiendo tristemente la cabeza–. Sabía que era imposible que me amaras después de todo lo que ha pasado.

–Sí.

–Lo siento. Te he hecho perder el tiempo, pero tenía que preguntártelo.

–Kadar, he dicho que sí –dijo ella. Él frunció el ceño sin comprender–. Te amo. Hice todo lo posible por odiarte y lo conseguí, pero eso no impidió nunca que siguiera amándote. Creo que no se puede dejar de hacerlo como quien cierra un grifo. Ahí está y, por lo que parece, no hay nada que pueda hacer al respecto.

–¿Me amas después de todo lo que ha ocurrido?

–Lo sé... Es una locura, pero sí. Y sí, me casaré contigo –anunció ella con una maravillosa sonrisa.

Kadar cerró la puerta y la tomó entre sus brazos para besarla. Aquel beso fue como regresar a casa. Su cuerpo resultaba tan familiar... Con las bocas y los cuerpos unidos, ella lo condujo hasta el dormitorio y allí, sobre su estrecha cama, se quitaron la ropa, se despojaron del pasado, de los equívocos, los malentendidos y el dolor. Muy pronto, no quedó entre ellos nada más que la pureza de su amor.

Epílogo

S E CASARON en Melbourne cuatro meses más tarde, cuando el calor del verano australiano dio paso a los suaves días de otoño. Amber llevaba un vestido de encaje y llegó al altar acompañada por su orgulloso padre. Kadar la esperaba nerviosamente junto a Rashid, su padrino, y el hermano menor de Amber. Entre los invitados, estaban Zoltan y Bahir con sus familias. Amber iba acompañada de sus primas, las hermanas mayores de Tash.

Kadar se quedó boquiabierto al ver a la mujer que amaba. Amber parecía una diosa, con el hermoso vestido blanco y el cabello recogido en lo alto de la cabeza. En la muñeca, llevaba la pulsera que, ciento cincuenta años atrás, había portado la favorita de un sultán.

Las miradas de ambos se encontraron. El rostro de Amber se iluminó con una de sus eléctricas sonrisas. Kadar se sintió el hombre más afortunado sobre la faz de la Tierra.

—Estás muy hermosa —susurró cuando ella se colocó a su lado frente al altar—. Te amo.

Ella sonrió y le susurró las mismas palabras mientras comenzaba la ceremonia que los convertiría en marido y mujer.

Él aún tenía agarrada la mano de Amber mientras la madre y las amigas de ella la abrazaban. Los primeros en darle la enhorabuena a él fueron Zoltan y Bahir, con sus esposas, Aisha y Marina.

—Otro hermano del desierto casado —dijo Zoltan—. Bahir y yo nos preguntábamos cuánto tiempo tardaríais en recuperar el sentido común.

—Nos habéis hecho esperar bastante —apostilló Bahir.

Rashid se unió también a ellos.

—Supongo que esto me convierte a mí en el ganador, ¿no?

Los tres amigos lo miraron y se echaron a reír.

—Si tú lo dices —comentó Kadar.

Amber se reunió con el grupo.

—¿Qué es lo que tiene tanta gracia? —preguntó. Kadar la estrechó entre sus brazos y le dio un beso en la frente.

—Rashid es muy gracioso.

—Eh —protestó él—. Solo porque todos vosotros habéis sentido la necesidad de domesticaros y de sentar la cabeza, no lo paguéis conmigo.

—Espera y verás —dijo Zoltan.

—Sí, espera. No te darás ni cuenta —añadió Bahir.

—Yo ni me percaté —admitió Kadar—. Es mejor que tengas cuidado.

—No creo. Tal vez simplemente yo esté hecho de otra pasta, chicos.

—Sí. Debe de ser eso.

Más tarde, mientras los novios bailaban el vals después del banquete, Kadar le dijo a Amber:

—Este es el mejor día de mi vida.

—El mío también —afirmó ella—. Solo siento que Mehmet no haya podido estar aquí para verlo.

—Lo veremos la próxima semana, pero él sabe lo felices que somos. Supo que eras la mujer adecuada para mí desde el primer momento.

—Y tenía razón. Te amo, Kadar.

Él notó que el corazón se le henchía de tal manera que sintió deseos de aullar a la luna. ¿Cómo era posible que un hombre fuera tan afortunado?

–Te amo, Amber.

La besó dulcemente en los labios y luego le agarró la mano para besar también la pulsera de su antepasada. La pulsera de la favorita del sultán.

Amber era su favorita. En aquellos momentos y por toda la eternidad.

Bianca

¡Seducir a aquella belleza distante iba a ser el mayor reto de su vida!

La reputación del seductor e implacable empresario Gene Bonnaire lo precedía. Pero Rose ya había conocido a tipos como él y estaba decidida a no dejarse embaucar de ninguna manera. Sin embargo, el carismático Gene siempre conseguía lo que quería y, en ese momento, su propósito era comprar la tienda de Rose para poner uno de sus restaurantes de lujo... y llevársela a la cama. Rose no podía negarse a su generosa oferta de compra...

Maggie Cox
El sabor del pecado

El sabor del pecado

Maggie Cox

Acepte 2 de nuestras mejores novelas de amor GRATIS

¡Y reciba un regalo sorpresa!

Oferta especial de tiempo limitado

Rellene el cupón y envíelo a
Harlequin Reader Service®
3010 Walden Ave.
P.O. Box 1867
Buffalo, N.Y. 14240-1867

¡Sí! Por favor, envíenme 2 novelas de amor de Harlequin (1 Bianca® y 1 Deseo®) gratis, más el regalo sorpresa. Luego remítanme 4 novelas nuevas todos los meses, las cuales recibiré mucho antes de que aparezcan en librerías, y factúrenme al bajo precio de $3,24 cada una, más $0,25 por envío e impuesto de ventas, si corresponde*. Este es el precio total, y es un ahorro de casi el 20% sobre el precio de portada. !Una oferta excelente! Entiendo que el hecho de aceptar estos libros y el regalo no me obliga en forma alguna a la compra de libros adicionales. Y también que puedo devolver cualquier envío y cancelar en cualquier momento. Aún si decido no comprar ningún otro libro de Harlequin, los 2 libros gratis y el regalo sorpresa son míos para siempre.

416 LBN DU7N

Nombre y apellido	(Por favor, letra de molde)
Dirección	Apartamento No.
Ciudad	Estado Zona postal

Esta oferta se limita a un pedido por hogar y no está disponible para los subscriptores actuales de Deseo® y Bianca®.
*Los términos y precios quedan sujetos a cambios sin aviso previo.
Impuestos de ventas aplican en N.Y.

SPN-03   ©2003 Harlequin Enterprises Limited

Deseo

LA PASIÓN NO SE OLVIDA

JULES BENNETT

El príncipe Lucas Silva deseaba
desesperadamente olvidar la
ruptura de su compromiso, hasta que un accidente hizo que ol-
vidara la identidad de su prome-
tida. Ahora pensaba que su fiel
asistente, Kate Barton, era su
futura esposa. Y ella tenía órdenes de mantener la farsa.
Interpretar el papel de su amada
no suponía ningún esfuerzo para Kate, que llevaba años enamorada de su jefe. Pero las nor-
mas de palacio prohibían que

los miembros de la realeza intimaran con los empleados,
así que Kate sabía que su felicidad no podía durar.

*¿Estaría el príncipe dispuesto a
olvidar las reglas?*

¡YA EN TU PUNTO DE VENTA!

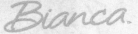

De tímida secretaria… a amante en sus horas libres

Blaise West es el nuevo jefe de Kim Abbott y en persona es aún más formidable de lo que los rumores de la oficina le han llevado a creer. Tímida e insegura, Kim siempre ha procurado pasar desapercibida, pero, ante la poderosa presencia de Blaise, se siente femenina y deseada por primera vez en su vida.

Es una combinación embriagadora, pero sabe que debe resistirse… Además, su mujeriego jefe le deja claro que quiere conocerla mejor, pero que nunca será para él más que una aventura temporal.

Desengañados

Helen Brooks